国际大奖小说
英国杰出图书奖提名

海豚湾天使

White Dolphin

[英]吉尔·刘易斯 / 著
郭红梅 / 译

天津出版传媒集团
新蕾出版社

图书在版编目（CIP）数据

海豚湾天使 /（英）吉尔·刘易斯（Gill Lewis）著；郭红梅译. —— 天津：新蕾出版社, 2023.5
（国际大奖小说）
书名原文：White Dolphin
ISBN 978-7-5307-7479-3

Ⅰ. ①海… Ⅱ. ①吉… ②郭… Ⅲ. ①儿童小说-长篇小说-英国-现代 Ⅳ. ①I561.84

中国国家版本馆 CIP 数据核字(2023)第 017116 号

Original title: White Dolphin
Text © Gill Lewis 2012
The moral rights of the author have been asserted
First published 2012
Simplified Chinese translation copyright © 2023 by New Buds Publishing House (Tianjin) Limited Company
本书中文译稿由台湾远见天下文化出版股份有限公司授权使用
ALL RIGHTS RESERVED
津图登字：02-2020-248

书　　名	:海豚湾天使　HAITUN WAN TIANSHI
出版发行	:天津出版传媒集团 新蕾出版社 http://www.newbuds.com.cn
地　　址	:天津市和平区西康路 35 号（300051）
出 版 人	:马玉秀
电　　话	:总编办 (022)23332422 　发行部 (022)23332351　23332679
传　　真	:(022)23332422
经　　销	:全国新华书店
印　　刷	:天津新华印务有限公司
开　　本	:880mm×1230mm　1/32
字　　数	:150 千字
印　　张	:7.25
版　　次	:2023 年 5 月第 1 版　2023 年 5 月第 1 次印刷
定　　价	:30.00 元

著作权所有，请勿擅用本书制作各类出版物，违者必究。
如发现印、装质量问题，影响阅读，请与本社发行部联系调换。
地址:天津市和平区西康路 35 号
电话:(022)23332677　邮编:300051

一辈子的书

◎梅子涵

◆亲近文学◆

一个希望优秀的人,是应该亲近文学的。亲近文学的方式当然就是阅读。阅读那些经典和杰作,在故事和语言间得到和世俗不一样的气息,优雅的心情和感觉在这同时也就滋生出来;还有很多的智慧和见解,是你在受教育的课堂上和别的书里难以如此生动和有趣地看见的。慢慢地,慢慢地,这阅读就使你有了格调,有了不平庸的眼睛。其实谁不知道,十有八九你是不可能成为一个文学家的,而是当了电脑工程师、建筑设计师……可是亲近文学怎么就是为了要成为文学家,成为一个写小说的人呢?文学是抚摸所有人的灵魂的,如果真有一种叫作"灵魂"的东西的话。文学是这样的一盏灯,只要你亲近过它,那么不管你是在怎样的境遇里,每天从事怎样的职业和怎样地操持,是设计房子还是打制家具,它都会无声无息地照亮你,使你可能为一个城市、一个家庭的房间又添置了经典,添置了可以供世代的人去欣赏和享受的美,而不是才过了几年,人们已经在说,哎哟,好难看哟!

谁会不想要这样的一盏灯呢?

◆阅读优秀◆

文学是很丰富的,各种各样。但是它又的确分成优秀和平庸。我们哪怕可以活上三百岁,有很充裕的时间,还是有理由只阅读优秀的,而拒绝平庸的。所以一代一代年长的人总是劝说年轻的人:"阅读经典!"这是他们的前人告诉他们的,他们也有了深切的体会,所以再来告诉他们的后代。

这是人类的生命关怀。

美国诗人惠特曼有一首诗:《有一个孩子向前走去》。诗里说:

> 有一个孩子每天向前走去,
> 他看见最初的东西,他就变成那东西,
> 那东西就变成了他的一部分……

如果是早开的紫丁香,那么它会变成这个孩子的一部分;如果是杂乱的野草,那么它也会变成这个孩子的一部分。

我们都想看见一个孩子一步步地走进经典里去,走进优秀。

优秀和经典的书,不是只有那些很久年代以前的才是,只是安徒生,只是托尔斯泰,只是鲁迅;当代也有不少。只不过是我们不知道,所以没有告诉你;你的父母不知道,所以没有告诉你;你的老师可能也不知道,所以也没有告诉你。我们都已经看见了这种"不知道"所造成的阅读的稀少了。我们很焦急,所以我们总是非常热心地对你们说,它们在哪里,是什么书名,在哪儿可以买到。我就好想为你们开一张大书单,可以供你们去寻找、得到。像英国作家斯蒂文生写的那个李利一样,每天快要天黑的时候,他就拿着提灯和梯子走过来,在每一家的门口,把街灯点亮。我们也想当一个点灯的人,让你们在光亮中可以看见,看见那一本本被奇特地写出来的书,夜晚梦见里面的故事,白天的时候也必然想起和流连。一个孩子一天天地向前走去,长大了,很有知识,很有技能,还善良和有诗意,语言斯文……

同样是长大,那会多么不一样!

◆自己的书◆

优秀的文学书,也有不同。有很多是写给成年人的,也有专门写给孩子和青少年的。专门为孩子和青少年写文学书,不是从古就有的,而是历史不长。可是已经写出来的足以称得上琳琅和灿烂了。它可以算作是这二三百年来我们的文学里最值得炫耀的事情之一,几乎任何一本统计世纪文学成就的大书里都不会忘记写上这一笔,而且写上一个个具体的灿烂书名。

它们是我们自己的书。合乎年纪,合乎趣味,快活地笑或是严肃地思考,都是立在敬重我们生命的角度,不假冒天真,也不故意深刻。

它们是长大的人一生忘记不了的书,长大以后,他们才知道,原来这样的书,这些书里的故事和美妙,在长大之后读的文学书里再难遇见,可是因为他们读过了,所以没有遗憾。他们会这样劝说:"读一读吧,要不会遗憾的。"

我们不要像安徒生写的那棵小枞树,老急着长大,老以为自己已经长大,不理睬照射它的那么温暖的太阳光和充分的新鲜空气,连飞翔过去的小鸟,和早晨与晚间飘过去的红云也一点儿都不感兴趣,老想着我长大了,我长大了。

"请你跟我们一道享受你的生活吧!"太阳光说。

"请你在自由中享受你新鲜的青春吧!"空气说。

"请你尽情地阅读属于你的年龄的文学书吧!"梅子涵说。

现在的这些"国际大奖小说"就是这样的书。

它们真是非常好,读完了,放进你自己的书架,你永远也不会抽离的。

很多年后,你当父亲、母亲了,你会对儿子、女儿说:"读一读它们,我的孩子!"

你还会当爷爷、奶奶、外公和外婆,你会对孙辈们说:"读一读它们吧,我都珍藏了一辈子了!"

一辈子的书。

献给爸爸妈妈和内莉斯－简。

引　子

　　每天晚上都是如此。我站在海岸边,把脚趾抠进凉爽潮湿的沙子里。头顶是一轮明月。月光洒在水面上,投射出一条奶白色的光带。海豚又来了,它那珍珠白色的身体画着弧线游过午夜的大海。它在破碎波中扭转翻腾着,希望我跟过去。可是,浩瀚的大海漆黑一片。我不知道远方的大海里有些什么。所以,我就那么站着看它游走了。

　　每天晚上我都做这个梦。每天晚上,那只白海豚都会等着我。可是,我却不敢随它而去。

第一章

我从书上撕下一页纸。

我把它直接扯了下来。

那页纸很薄,镶着金边儿。我松开手,看着它飘向湛蓝的天空,像一只急于逃走的小鸟。

我又撕下一页。两页纸向上飞去,翻滚着经过牛群遍地的田野,飞进蓝色海面上方银光闪闪的雾气中。

"哎,卡拉!"

我低头往下看。杰克正仰着一张粉红色的脸,迎着刺目的阳光,眯起眼睛看着我。伊森站在他旁边,想在花岗岩石块的墙壁上找到手可以抓的地方。杰克跳起来,想把我拉下去,不过他够不着。

墙太高了。我在上面很安全。

"木头卡拉。"杰克喊着,"老师找你呢。"

书放在我的大腿上,很沉。我用一根手指划过粗糙的皮革封面,坚硬的边缘刺痛我的皮肤。我又扯下一页,松开手,那页纸往上飞,朝天上飞去。

"你惹大麻烦了,木头卡拉。"杰克大叫道,"那本书是学校的。你得还给阅览室。"

"天知道你拿它干吗。"伊森喊着,"你连路标都不认识。"

杰克大笑起来:"学会写你的名字了吗,卡拉?卡——拉——伍——德。笨得像木头的卡拉①。"

这些话我都听过一千遍了。我转过身背对着他们,低头看着墙另一边的那条小路。路的一头儿通往悬崖,另一头儿是一段荨麻和旋花草纠缠交错的台阶,通向下面镇上的港口。

"我想知道,"伊森说,"卡拉·伍德是不是和她爸爸一样笨得像块木头。"

"我妈妈说,"杰克神神秘秘地说,"卡拉的爸爸丢了工作就是因为不会写自己的名字。"

伊森哧哧地笑着。

我猛地转过身,怒气冲冲地瞪着他们:"闭嘴!不许说我爸。"

可是杰克还是没完没了:"我听说,你妈妈只好替他写名字。是不是呀,卡拉?"

眼泪涌了上来,我的眼睛火辣辣的。

---

①"伍德"音译自"wood",该词的原义为木头。

"现在谁帮他写名字啊,卡拉?"

我使劲眨了眨眼睛,转身看着大海。远处的浪尖是白色的。太阳火辣辣地照在我脸上。我绝对不能哭,不能让他们看见我的眼泪。海风吹拂着我的白色棉布衬衫,我闭上眼睛,想象自己正在无边无际的蓝色大海上航行。我周围什么都没有,只有太阳、海风和天空。

"哎,卡拉!"杰克还在那儿,"'快乐美人鱼'真是可惜啊!"

如果杰克知道了快乐美人鱼的事,那就没人不知道了。

我转身看着他。

班上另外几个孩子在远远地看着我们。克洛伊和艾拉站在浓密的七叶树的树荫里,望向这边,亚当则把足球紧紧抱在胸前。

"不过呢,"杰克说,"那个酒馆也不怎么样。倒是可以给什么人当一个不错的度假屋,比如说某个有钱的伦敦人。我听说,那儿的东西很难吃。"

杰克知道我爸爸在快乐美人鱼的厨房干活儿。他也知道,等到夏末快乐美人鱼关了门,爸爸就会失业,我们就没有钱生活了。如果我们从这里搬走,杰克肯定会很高兴的。

"也许,你爸爸可以来帮我家干活儿?"杰克说,"告诉他,等十天以后禁捕令解除了,我们就要在海湾里挖扇贝。我爸还买了新设备,要把海底的每个角落都划拉一遍。他都等不及了。"

我气哼哼地瞪着他。

杰克大笑着说:"我可以问问他,你是不是也能来干活儿。"

我用力抓紧手里的书。

我看见卡特太太从远处朝我们大步走来。我可以想办法把书藏起来,不过杰克和伊森肯定会告诉她的。

"卡拉,你看见船坞那里的广告了吗?"杰克咧嘴笑着说。伊森也在笑。他们一定知道什么我不知道的事。我从杰克的声音里能听出来,他迫不及待地想告诉我。

卡特太太已经走到操场中央了。她板着脸,神情严肃。

"莫娜要被卖掉了。"杰克喊了出来,一副兴高采烈的样子。

我噌地一下站了起来:"你撒谎!"

这不可能是真的。我敢肯定这不可能。

可是杰克一副得意的样子,他大声喊道:"我爸爸要买下莫娜,把它劈成柴烧。因为他说,它也就配当劈柴。"

我把书用力朝他扔过去。书的硬边狠狠地砸在杰克的鼻梁上。他像棵被砍断的大树一样重重地倒了下去,两只手使劲捂着脸。

这时卡特太太跑了过来:"卡拉!"

我向下瞥了一眼杰克,他正躺在地上哼唧。

"卡拉,下来,马上!"卡特太太大声叫道。

我转过身背对着他们,然后跳了下去,把杰克、伊森和卡特太太都抛在了身后。

第二章

我跑啊跑,跑过长满荨麻的小路,跑过铺着鹅卵石的小道和后面的小巷,跑向海滨。我必须找到爸爸。

必须找到他。

镇上很热闹,到处都在施工,充斥着电钻和挖掘机的声音。施工围栏的外面就是快乐美人鱼,空气中弥漫着啤酒和薯条的味道,桌旁坐满了在夏日阳光下吃午饭的人们。一条美人鱼从门上方褪色的油漆招牌画上阴沉着脸看着他们。我悄悄走进黑乎乎的酒馆,刚从外面刺眼的阳光中进来,我的眼睛需要适应一会儿。

"卡拉,你没事吧?"泰德正用一块布转着圈擦拭着玻璃杯口。

"我挺好的。看见我爸爸了吗?"

"他今天休息。"他把杯子举起来,凑近灯光,查看上面还有没有污渍,"没出什么事吧,卡拉?他今天好像不太对劲。"

我四下看了看。

泰德放下杯子,面向我靠在吧台上:"你真的没事吗?"

"我很好。"

我走出酒馆。太阳明晃晃的,照在粉刷成白色的房子上,很是刺眼。我离开港口,往小镇另一边的新住宅区跑去。我跑过房前的花园和私家车道,跑过一块块放着宝宝游泳池和三轮车的草地,一直跑到最后一栋房子前,那儿的草坪上有一辆拖车,车子下面垫着砖头。

我推开前门。贝芙姑妈正在晾衣服,晾衣绳拴在车库和拖车之间。肯定是汤姆姑父出海回来了。

贝芙姑妈把工装裤的裤腿拉起来看着我,一只手放在她高高隆起的肚子上。她用牙咬着两个木质衣夹,看起来就像是疣猪的长牙。

我转了一下拖车的门把手。一片片红色的铁锈从门框上掉下来,可门是锁着的。"我爸呢?"我问。

贝芙姑妈取下嘴里的衣夹,说:"你不是应该在学校上课吗?"

我砰砰地拍打拖车门。

"你爸爸出去了。"

我又推了推门。

"我不是说了嘛,他出去了。"贝芙姑妈把几条裤子夹在绳子上。她的目光一直没从我身上移开。

我弯腰从绳子下面钻过去,想冲进厨房,可是她伸出一只手挡住了门。

"卡拉,你惹麻烦了?"她问。

"贝芙姑妈，我忘记拿东西了。"我说，"就是这样。"

"那你快点。"她说，"汤姆姑父在睡觉。别吵醒他。"她把手抬起来，让我过去。

我能感觉到她一直看着我。我爬上楼梯，闪进我和黛西的房间。黛西坐在床上，正在看她最喜欢的童话书。我进屋的时候，她把什么东西藏到了身后。我听见那个东西在她手里发出窸窸窣窣的声音。粉色羽绒被上的一颗棉花糖泄露了秘密。

"你没去上学。"我说，"你不是生病了吗？"

黛西的嘴巴塞得满满的。她看看敞开的门，又看看我。

我笑了："别担心。我不会说出去的。"

一滴黏糊糊的口水顺着她的下巴滴下来。"我现在觉得难受了。"她说。

"我一点儿都不吃惊。"我扫掉床上的糖渣，坐在她身边，"黛西，你看见我爸爸了吗？"

黛西点点头。"吉姆舅舅去钓鱼了。"她说，"他带着海钓竿，很长的那种。"

"他走了多久？"

"不是很久。"她说，"就在妈妈喝完咖啡以后。"

"谢谢你，黛西。"我伸手从我的折叠床下拿出游泳包、面罩和脚蹼。黛西的玩具摊在我的床上。一颗粉色的棉花糖粘在枕头上。其实，我也没什么可抱怨的。这毕竟是她的房间。等小宝宝出生以后,我就没地方可待了。

"你要和他一起去吗?"黛西问。

我点点头:"求你别说出去。"

黛西把手指按在嘴唇上。

我换上T恤和短裤,直到听到关车门声和外面车道上的说话声,我才意识到有辆车停在了房子外面。我从窗口往后退了几步,不想让杰克的爸爸看见我在家。

我听见他在厨房里和贝芙姑妈说话。

"吉姆不在楼上,道奇。"贝芙姑妈的声调很高,声音发紧,"等他回来,我让他给你打电话。"

"我要见的是他女儿。"

"你找卡拉?"贝芙姑妈迟疑了一下,结结巴巴地说,"她上学去了。"

透过卧室门上的缝隙,我看见贝芙姑妈站在走廊里,堵在厨房门口。她的脖子后面通红,拿着毛巾在手上来回缠绕着。

道奇·伊文思的一只手撑在门框上:"贝芙,我知道她在楼上。"

贝芙姑妈往后退了一步。她的声音小得像在说悄悄话:"你找她干吗?"

"就说一句话,没别的。"

"她干什么了？"

道奇·伊文思走进走廊，站在楼梯最下面，他的长筒靴踩在贝芙姑妈干净的地毯上。"她打破了杰克的鼻子，就干了这个。"他说。

我关上门，身体贴在门上。楼梯上传来重重的脚步声。

黛西把羽绒被拉到下巴上，瞪大眼睛看着我。"他上来了。"她小声说。

我把折叠床推过去顶住门，然后走到窗前。下面车库的房顶是平的，可是要跳下去还是挺高的。

"卡拉！"现在是贝芙姑妈在喊我。她拖着长腔，听起来还算轻松，不过我能听出她的声音在颤抖："道奇·伊文思找你。"

我把背包扔进花园，两条腿荡出窗外。

敲门声传来。门一下子被推开，但又被折叠床挡住了。

"快走！"黛西用口型不出声地说。

我跳到房顶上，接着从房顶跳到了柔软的草地上。我转过身，看到道奇·伊文思涨红着脸从窗口探出身来。但是现在他拦不住我了。

没人能拦住我。

我抓起背包，撒腿就跑。

第三章

"等等,"我喊道,"等等!"

在看见爸爸之前,我先看到了莫娜。和港口里的其他船比起来,它是条小船。在新式的白色游艇中间,它红褐色的船帆和木质的露天甲板很是显眼。我急匆匆地冲下台阶,跑过浮桥码头,双脚踩在木板上砰砰作响。莫娜正慢慢驶离岸边,朝高耸的港口护堤之间窄窄的缺口漂过去。我看见爸爸坐在舵柄前。

"爸爸,"我大声喊道,"等等我!"

爸爸向前一推舵柄,莫娜迎着风掉转船头,船帆松松地低垂下来。船朝我漂过来,刷过油漆的船身在层层涟漪上投下淡蓝色的图案,就像是从一百多年前的老照片上驶出来的一样。

莫娜撞到了浮桥码头,我稳住自己,抓住缆绳,把它拉过来。"带我一起去吧。"我说。

爸爸用手挡着阳光,看着我:"你怎么没去上学?"

"我不想待在学校。"我说,"爸爸,哪天都行,可今天我不想上学。"

我想知道,他是不是记得今天,今天是不是对他也有些意义。莫娜的船帆在我们头顶上方飘动,它也迫不及待地想要出发。

"爸爸,让我去吧。"我说。我想问他莫娜的事是不是真的,他是不是真要卖掉它。不过有个想法阻止了我,我想在不知道这件事真假的情况下最后坐着它出一次海,这样还不至于让我的希望全部破灭。

"好吧。"爸爸叹了口气,"上来吧。"

我爬上船,穿上救生衣,把莫娜推离岸边。长长的港口护堤后面的这片水域很绿、很深,也很平静。水面上的油扩散开,涟漪泛着彩虹般的光。爸爸升起主帆,我系紧船首的三角帆,船帆绷紧,兜住了风,莫娜划过港口投下的阴影,驶向大海。

微风徐徐,海上翻起了小小的浪花。莫娜上下起伏着驶向海岬,略带咸腥气的浪花从船头飞过。我坐在船上,看着海港小镇和一抹淡金色的沙滩很快消失在远方。学校和贝芙姑妈家的房子也跳出了我的视野,就连港口里的游艇、拖网渔船,还有海鲜市场长长的白色房顶,现在看起来也很遥远,似乎是在另一个世界了。

再一次,又只有我们了——莫娜、爸爸和我。

我坐在爸爸身边,可是他没看我。他盯着远处的地平线,好像置身于另一片海,看着另一个世界,驾驶着另外一条船。我闭上眼睛,努力回想着过去的情景。

驶过海岬,风很大、很冷,吹起了暗黑色的海浪。这会儿我真希望自己能记得拿件毛衣,穿上牛仔裤。我双手抱着膝盖,看着胳膊和腿上冒出了鸡皮疙瘩。

"卡拉,你没事吧?"

我抬起头,看见爸爸正看着我。我点点头,不过牙齿还在打战。

"冷了就去拿你的毯子。"他说。

我往前挪了挪,打开前甲板下面的小储物柜。三条毯子整整齐齐地叠放在工具箱和信号弹上面的矮架子上。我拽出我的毯子,裹在身上。深青绿色的毯子上织着银色的条纹,就像夏日的海面。

我倚着船身,顺着船身的弧度蜷缩着,把头埋在厚厚的毯子里,闻着它咸咸的霉味。海水有节奏地拍打着莫娜的船身,仿佛有规律的心跳一般。我抚摸着刷过油漆的木头,在厚厚的油漆下面的某个地方,有妈妈给我用铅笔画的跳跃的海豚。现在我想试着用手指勾画出它们的轮廓。我差不多还能闻到舢板棚里锯末和汽蒸木材的味道,爸爸妈妈就是在那里翻修了莫娜。如果闭上眼睛,我还能看见爸爸把汽蒸的木板弯起来做莫娜的船身;妈妈在板子之间涂抹上白色的填缝材料;而我则坐在泥地上,在大水坑里放纸船玩。

爸爸、妈妈和我。

那些铅笔画的海豚还在,在油漆下面,刻在莫娜的船身上。我努力想象它们的样子。

我从来没想过我会忘掉,可是现在,不知怎么回事,好像不管我多么努力地去想,就是想不出它们的样子。

我肯定是想着想着就在莫娜的怀抱里睡着了。醒来的时候,风停了,帆放下来了,船在轻轻晃动,莫娜停泊在我家放龙虾篓子的风平浪静的小海湾里。几缕醇厚的咖啡香气从爸爸的红色马口铁杯子里飘过来。太阳烤得我的后背暖洋洋的,蓝绿色的大海闪着银色的波光。头顶上,一只海鸥在叫。一切都那么安宁。

爸爸从一侧的船舷上探身去拽绳子。绳子在船里盘起来,挂着海草,滴着海水。他扯上来一只龙虾篓子放在船里。我看见里面一只龙虾的腿和触须纠缠在一起。那是只大龙虾,能在市场上卖个好价钱。我知道我们需要钱。

爸爸打开篓子,用手摸了摸龙虾背上像盔甲一样的硬壳。他把龙虾拿出来,龙虾在空中挥舞着螯,红色触须急速地前后摆动着。爸爸把龙虾翻过来,我看见它柔软的腹肢里有成百个小小的卵聚成一团,在阳光下黑得发亮。

"它带着子呢。"我说,"我们不能卖了它。看看,有那么多虾子呢!"

爸爸抬起眼,他刚刚注意到我醒了。"我们带它到海洋保护区放生。"他说。

"不过也没多大意义了。"我沉着脸瞧着他,"杰克说,等禁捕令一解除,他爸爸就要把那些捕捞用的链子划拉到保护区的每一个角落。"

爸爸把龙虾放进一个大黑桶里,在上面盖了条毛巾。他紧皱着眉头,脸上的皱纹很深。他知道,我们没办法阻止道奇·伊文思破坏珊瑚礁。

"离杰克远点。"他说,"他和他爸爸一样爱惹事。"

我仿佛又看见杰克被我打中鼻子躺在地上的样子。"他没法儿再惹事了。"我说。

爸爸抬起头。

"卡拉,你惹麻烦了?"爸爸问。

我掀起毛巾,瞧着桶里的龙虾。它用黑色的小眼睛怒视着我。"得往桶里放点海水。"我说。

"杰克还说什么了?"爸爸问。

我用毛巾盖上桶,坐了回去,看着爸爸的眼睛。我问了那一路上我满脑子都在想的那个问题:"你真的要卖掉莫娜吗?"

爸爸转过身去。我看见他在龙虾篓子里绑上一块鲭鱼肉当诱饵,又把篓子扔回水里。那条盘起来的绳子散开了,消失在一片晃动的光晕中。

"是真的,是不是?"我问,"你要卖掉它。你要卖掉莫娜。"

我想让他告诉我这不是真的,因为爸爸从不对我撒谎。

可是,他没那么说。

他转过身看着我。"是。"他说,"是真的。"

他没再说别的。可是,我感觉自己快要窒息了。

"可你不能卖掉它。"我的声音小得像在耳语。

"卡拉,我们没有别的选择。"他说,"我的工资偿还不了欠款。我们都付不起它的停泊费了。"

我攥着毯子的一角来回拧着。"那妈妈呢?"我咕哝着。

爸爸把最后几滴咖啡甩到海里,然后拧紧保温杯的盖子:"没别的办法。"

"那妈妈呢?"这一次,我的声音大了些,好让爸爸能听见。

"妈妈不在了。"他直视着我,"到今天,她已经走了一年了。你以为我不知道吗?她走了,卡拉。现在就只剩我们俩。"

我瞪着他。爸爸已经好几个月没说起过妈妈了。"妈妈永远不会卖掉莫娜。"我说,"它属于我们三个人。这条船是我们一起造的。你卖掉了莫娜,等妈妈回来的时候,你该怎么跟妈妈解释呢?她会回来的,我知道她会的。"

爸爸望着我,好像在决定该说些什么。

"她会给我们发个信号。"我说。泪水模糊了我的眼睛。我眨眨眼,使劲把眼泪憋回去。我想到了妈妈失踪那天我发现的鸽子羽毛。我想到了我们为妈妈在海上放蜡烛的那天晚上,我借着烛光找到的那个纯白的玛瑙贝壳。"她会像以前那样发个信号的。"

爸爸搂着我的肩膀,他的手在颤抖。"放手吧,卡拉。"他说,"没有什么信号,从来就没有什么信号。"

我推开爸爸的手。

我们俩都沉默不语。

没有风。水面平静得像面镜子。

"卡拉。"爸爸跪坐在我面前,"看着我。"

我使劲闭着眼睛。

"卡拉……"

我捂上耳朵,因为我不想听。

我把头埋在腿上,不理他。我不想听他接下来要说的话,我不想听。

可是这没用。

不管怎样,我还是听见他说的话了。

"妈妈再也不会回来了。"

第四章

爸爸以前从来没说过这种话。我站起来,往后退了几步。

"你放弃了。"我说,"你放弃了。"

"卡拉……"

我脱下救生衣,把手伸进背包拿我的面罩和脚蹼。

"卡拉,坐下。"爸爸说。

我蹬上脚蹼,戴上面罩,抓着固定桅杆的金属侧支索,站在船沿上。下面的水非常清澈。

"卡拉,下来……"爸爸伸出一只手,但我没有去拉。

我松开手,跳进了一片波光粼粼的蔚蓝之中。我转过身,看见一串银色的泡泡旋转着向上升去。透过水面,我看到爸爸正探出身来往下看。我使劲一蹬脚蹼,在水中向前一蹿,向岸边游去。

在浮出水面之前,我在心里数着秒数。我的心脏跳得太快了,没法儿放松。我的肺在灼烧,肋骨很疼。我找不到心里那个平静的地方,那个能让我的心跳慢下来、头脑变清醒的地方。我太生气了,我必须得呼吸。我冲出水面,深吸了一口气。

我离岸边又近了一些。我能听见爸爸喊我的名字,不过我继续往前游,直到手摸到小海湾里松软的沙子才停下来。我拽下脚蹼,摘下面罩,光着脚走过礁石,朝悬崖顶部的小路走去。T恤粘在身上,短裤贴在腿上,又湿又冷,不过我继续往前走,没有回头。

等我来到通向镇上的那段台阶前,我才转身去看。莫娜的帆升起来了,爸爸正驾船离开小海湾。我看见莫娜的帆在夕阳下拖着长长的影子,朝海洋保护区驶去,海洋保护区就在海岸和海鸥岩之间。

我坐起身,用手掸掉衣服上的沙子和海盐,四下看了看。一阵清风从草丛中吹过,草叶发出沙沙的响声。这里没有别人,只有我。

在这个小海湾的另一边,还有一个更小的海湾,大多数船都进不去。那里的水很深,非常清澈。海湾慢慢倾斜,和一片长条形的沙滩连在一起。我朝那边走去,走向悬崖边绿色的金雀花墙。我挤过灌木丛的时候,金雀花的尖刺挂破了我的T恤。在疏松的表层土和盘根错节的金雀花下面,一块坚硬的黑色岩石穿透了质地没那么坚硬的灰绿色岩层,伸向小海湾。所有能用脚踩和手抓的地方我都非常熟悉,我边爬边数着褶皱岩石的层数,这些岩石经历了几百万年才挤压在一起。妈妈过去常说,从这里爬下去就像探险家穿越回了过去。

涨潮了,那片小海滩被潮水淹没了。我慢慢地爬到小海湾上方的几块石板上。有时候,灰色的海豹会慢悠悠地爬上岸,躺在这里晒太阳。我背靠着一块岩石上的弧形凹处,岩石在海风的吹拂和海浪的拍打下变得像蛋壳一样光滑。

妈妈原来常常和我坐在这里看海豚。我觉得妈妈有超能力,不知怎的,她好像能感觉到它们,或者能听到它们在海中的召唤。有时候,我们会一连等上好几个小时。不过,她总是知道它们会来。它们跃出水面,阳光在它们的背上闪耀,它们看起来像来自另一个世界的有魔力的生物,它们会在水中跳跃翻转,就像在专门为我们表演。这让我觉得是它们选中了我们,好像它们也想让我们看一看它们的世界。

自从妈妈离开以后,我就再也没来过这里。我双手抱着膝盖,凝视着平静的金色大海。太阳的外缘触碰到了地平线,阳光漫进了水里。我一整天都在等妈妈给我发个信号,可是现在太阳就要落山了。

也许爸爸说得对,没有什么信号。

也许,我得接受这件事:妈妈再也不会回来了。

我看见最后几缕阳光像划过天空的信号灯,闪着耀眼的光芒。

然后,我看到它了。

一道白光跃出水面。

阳光照在它光滑的、线条流畅的身体上,然后,它又跳入海中。

我匆忙站起来,奔到海边,不可思议地看着层层散开的金色波纹。

这就是我在等的信号。

我知道这就是我等的信号，一定是它！

海豚又一次跃出海面。那是一只纯白色的海豚，它在半空中扭转翻腾着，随后跃入水中，溅起一朵朵金灿灿的浪花。

我也看见别的海豚了——它们灰色的流线型身体和背鳍从水中划过。起码有五十只海豚，好大一群！我从来没有看见过这么多海豚在一起。它们的呼吸声打破了黄昏的宁静。

不过，我要找的是那只白海豚。然后，我又看到它了，它比其他海豚的体形小很多。在逐渐变暗的光线中，那白色的身体似乎染上了些许粉色和金色。一只大海豚紧紧靠在它身边。是海豚妈妈和海豚宝宝，它们步调一致地露出水面。我目送它们并排游向广阔的大海。

我抱起胳膊，夜风很凉，我却感觉很温暖。不知怎的，此时我感觉和妈妈很近，好像她就在我身边，好像是她派这些海豚来的。我好像看到了妈妈的脸庞和她那灿烂的笑容。她是不是也在想着我呢？

我看着海豚，直到它们的背鳍在水面上划出的黑色水线渐渐消失。靛蓝色的天空缀满繁星，大海也暗下来了。两只蛎鹬掠过水面，它们那又尖又短的翅膀快速有力地扇动着。别的就什么都看不到了。

我知道，爸爸这会儿在等我回家。我爬上悬崖，走到海滨小路上。空气很清新，潮气在向陆地延伸的麦田上方形成了一层白色的薄雾。黄昏的光线仿佛让一切都陷入了奇怪的静止状态，时间停滞了一般。

我感觉，一切好像都要变了。

第五章

晒了一天,海边的柏油路还热乎乎的。还要走三公里多的路才能到家,我没走多远,对面有一辆车慢慢停了下来,车灯晃着我的眼睛。

副驾驶一侧的车窗打开了:"卡拉!是你吗?"

是贝芙姑妈的声音。她从驾驶座上探过身来,看起来很生气。我宁愿穿过田野,走回家去,也不愿在车上被她训斥。

"怎么了?"我问。

"上车吧,卡拉。"她厉声说道,"马上!"

我爬到后座上,坐在黛西旁边。黛西穿着睡衣和拖鞋,正抱着一大包薯片嘎吱嘎吱地吃着。平时这个时间,她早就上床睡觉了。

贝芙姑妈扭过身,怒气冲冲地瞪着我:"怎么了?!"

我瞥了一眼黛西。她指指我,然后用一只手划过喉咙:我死定了。

"怎么了?"贝芙姑妈又吼起来,"海岸巡逻队和警察正在外面找你呢,你还问怎么了。你爸爸都快急死了。他也和他们一起出去了。"砰的一声,她给车挂上挡,我们猛地往前趔趄了几下。"我告诉你吧,小姑娘。等我们回到家,你得回答几个问题。"

我没吭声,系好了安全带,一句话都没说。

我们在黑暗中开车回家。黛西抓过我的手,使劲攥了攥。我也攥了攥她的手。她小声说:"我告诉他们你没事,可是他们不听。"

"够了,黛西,别说了。"贝芙姑妈厉声说,"你一个小时前就该上床睡觉了。"

回到家,我坐在厨房里等爸爸。我听见汤姆姑父在给警察和海岸巡逻队打电话,说已经找到我了。贝芙姑妈在用小锅热牛奶,让黛西喝了去睡觉。黛西坐在餐桌旁,用手指来回缠绕着一个金色发卷。

她从桌子那边探过身来,我俩头挨着头。"出什么事了?"她问。

我轻声说:"白海豚来了。"

黛西瞪大了眼睛。只有她知道我做过的那些梦。

"黛西,该上床睡觉了。"贝芙姑妈把热牛奶倒进杯子,指了指楼梯。

我也站起身准备走,贝芙姑妈示意我留下。我不想和她单独待在这里。黛西双手捧着杯子,离开了厨房,在转身上楼之前,冲我微微一笑。

贝芙姑妈给自己倒上一杯茶,倚靠着门框。"嗯……"她开口了。

我盯着自己的手,没有吭声。

"我听说,今天你打破了杰克·伊文思的鼻子。"

我抬头看着她。她正怒气冲冲地瞪着我,谅我也不敢跟她叫板。我没否认。

"这个家里唯一一个有份正经工作的人就是给杰克的爸爸打工的。"她高声说,"你想让汤姆姑父也丢了工作,是吗?"

我摇摇头。"贝芙姑妈,我不想。"我说,"对不起。"

她叹了口气,用一只手摩挲着隆起的肚子:"卡拉,今年你过得确实不容易,可不是只有你一个人心里难受。我们不能再这么下去了。这个家里的人是该好好聊聊了……"

不过,她的话没能说完,因为爸爸从门外冲了进来。

他从桌子旁边挤过来,一下子把我拉进他的怀里。他用双臂环抱住我,我的脸埋在他厚厚的毛衣里。毛衣散发着柴火的烟味和机油味。我感觉到头发里有他温暖的气息,这一瞬间,我好像回到了五岁。

"对不起,卡拉。"他说,"真对不起。"

贝芙姑妈打断了他:"该说对不起的是卡拉,是她害我们担心得要命。"

爸爸搂着我的肩膀。"对不起。"他说,"我说的那些关于妈妈的话。我不该那么说。"他的眼睛红红的,我差点儿觉得他在哭,可是我以前从来没见他哭过。

我冲他笑了笑:"会好的,爸爸。她给我发信号了。我看见了一只海豚,一只白海豚,是妈妈派它来找我们的。"

24

爸爸向后捋了捋我的头发。他盯着我的眼睛,可是我不知道他在想什么。

"妈妈还在这里陪着我们呢,爸爸。"我说,"我知道她还在。"

贝芙姑妈砰的一声放下杯子,溅出的茶水洒了一桌子。"你妈妈从离开的那天起就不在这里陪你们了。"她说。

汤姆姑父把一只手放在她的胳膊上:"贝芙,行了。"

贝芙姑妈还是不肯罢休:"可这是事实。我们替她收拾烂摊子。吉姆,不能再这么下去了。你还要等她多久?再等一年,五年,还是十年?"

"别说了,贝芙。"汤姆姑父想带她走开,"现在别说了,今晚先别说了。"

贝芙姑妈挣脱开,愤怒地看着爸爸。"凯伊就不该走,她的责任在这里。"她用手指使劲敲着桌子,强调着自己的观点。

爸爸坐下,两只手托着头:"我们原来不是已经讨论过这件事了吗,贝芙? 她有她的理由。"

"绕世界半圈,去参加什么拯救海豚行动?"她抢白道,"这个理由就这么好,好到可以扔下丈夫和孩子不管?!"

我怒视着贝芙姑妈。"妈妈是海洋生物学家。"我大声说,"她在阻止人们捕捉野生海豚。你知道的!"

贝芙姑妈没理我,她坐到爸爸身边:"吉姆,你得面对现实。如果你自己的妹妹都不能跟你说这些,那谁能?你得接受这个事实,凯伊不会回来了。"

爸爸瞥了她一眼:"贝芙,我们还不知道。我们就是不知道。"

贝芙姑妈挥着双手:"一点儿没错!这永远都是个问题。我们什么都不知道。再过一年,我们也只是知道她在所罗门群岛上岸,住进酒店,然后就神秘失踪了。"

爸爸摇摇头:"我那个时候该去找她的。"

"你根本没钱坐车去机场,更别提买机票了。"贝芙姑妈哼了一声,"当地政府部门找不到她,其他那些失踪的人家里雇的私人侦探也找不到她,已经结案了。"

爸爸皱起眉头:"人不能说失踪就失踪。"

贝芙姑妈往后一靠,看着爸爸:"就算为了卡拉,你也不能像只鸵鸟似的永远把头埋在沙子里。你还要替凯伊还债。她那次出门花的几千块钱,还有她买的那些贵得要命的潜水用具。不过,我敢打赌你没告诉过卡拉这些,是不是,吉姆?"

爸爸站起身,他的椅子向后撞在了墙上:"我出去了。"

汤姆姑父往旁边挪了挪,让他过去。

"是啊。"贝芙姑妈在爸爸身后喊道,"你老是这样,一走了之。"

我也站了起来:"妈妈不会离开我们的。我知道她会回来的。她派来了那只海豚。"

爸爸停下脚步,一只手扶在门上。

贝芙姑妈盯着爸爸的后背。"吉姆·伍德,你没有房子,没有像样的工作,很快就连船也没了。"她深吸一口气,转身看着我说,"卡拉,在这个家里,不许再提什么海豚!明白了吗?"

她抱起胳膊。她说完了她要说的话。

不过我不在乎。白海豚是个信号,它告诉我,妈妈在某个地方,不管多久,我都会等她。我想让爸爸也知道这一点:妈妈会回来的。我知道她会。我们三个会住在莫娜上,睡在张帆杆撑开的帐篷里。像她常说的那样,有一天我们会一起驾船远航。

爸爸、妈妈和我。

电话铃声打破了沉默。

汤姆姑父接起电话,然后递给爸爸:"找你的,吉姆。"

爸爸接过电话,我听见他在走廊里来回踱步。他的声音轻柔平静。他走回厨房,放好电话,然后打开后门,倚在门框上。夜晚清凉的空气钻进了屋里。

贝芙姑妈歪着头问:"嗯……是谁啊?"

爸爸垂下了头。"有人想买莫娜。"他说,"这个周末,有个人想看看它。"

第六章

我把黛西的吐司切成三角形,把盘子推到她那边。

她边揪着面包皮,边看着我说:"你不吃早饭吗?"

"我不饿。"我说。

贝芙姑妈把目光从杂志上移到我的脸上:"你今天不能不去上学。你打破了杰克·伊文思的鼻子,校长要见你。"

我皱起眉头。我根本不想去上学。

"我给杰克送去了一大盒巧克力,上面写了你的名字。"她说,"那盒巧克力差不多花了我十镑,希望这样做能让他爸爸高兴。"

我从餐桌旁站起身,抓过书包。"我在外面等你。"我对黛西说。

天空是蔚蓝色的。放眼望去,贴着遥远的地平线处有一小片淡灰色的云。我靠在拖车上等着黛西。我真希望能和她一起去小学低年级上学。在那里我有安全感。不像现在,小学高年级只有单词和数字。

"我来了。"黛西喊道。

我看见她走过来,书包斜挎在肩上,手里还拖着一个更大的袋子。"你那里面放的什么?"我问。

"仙女裙子、翅膀和仙女棒,还有给劳伦的礼物。"她咧嘴笑着说,"放学后有她的生日聚会。"

我翻了个白眼。"我忘了。"我说,"快走吧,我来拿。"

我陪着黛西从小学低年级门口的那些妈妈和婴儿车中间走过去,抱了抱她。"放学后我再过来。"我说。

黛西把手伸进袋子,从里面掏出一张揉得皱皱巴巴的纸。"我给你做的。"她说,"祝你在见到卡特太太的时候有好运气。"

我把纸抚平,然后笑了。纸上是一只白色蜡笔画的海豚,正在蓝色墨水笔画的海洋里游泳。"谢谢你,黛西。"我说,"我正需要这个呢。"

我说的也是实话。我需要得到所有的好运气。

每周五上午,我都要缺席两节美术课,跟着我的辅导老师贝克太太做补习。要是能不上数学课或信息技术课就好了,美术课可是我唯一喜欢的课。倒不是我不喜欢贝克太太,起码在她的课上没人嘲笑我。她说我的阅读障碍症只不过是一种不同的思维方式。我记得她说,这往往是家族遗传,我猜爸爸之所以不会读也不会写,多半也是这个原因。有一次妈妈想让他去找个医生看看,可他不肯去,他说这会儿再去学习读书写字已经太迟了。

学校里唯一的一间空教室是个活动房,在操场的尽头,现在是个商店。我坐在一张桌子旁,面前放着一托盘沙子。今天我们的训练要用到贝克太太的新方法:多感官发展法。

我管它叫:浪费时间法。

我把托盘拉到面前,抓起一把沙子,让沙子从指缝间漏下去。

贝克太太往前拉了拉椅子,把沙子拍平:"咱们来试试 au 这个字母组合的发音,比如在 sauce(调味汁)这个单词里。"

我的手指悬在沙子上面,开始画"a"的轮廓。这个我会。它就像海边海鸥岩的形状,一边圆,一边陡峭,中间有个圆形的黑色山洞。我先开始写"a"圆圈部分的最上面,就是岩石上沾满了几个世纪以来海鸟留下白色粪便的地方。塘鹅在朝向大海的那边做窝。我见过它们在空中旋转,冲入水中捉鱼,像投入水中的白色飞弹。我和爸爸还见过角嘴海雀在海浪上面疾飞而过。我把手指弯下去,一直划到底部,就是灰色海豹躺卧的平坦的岩石,和海豹幼崽待的面朝大陆海岸的狭窄的鹅卵石海滩。淹没的礁石,水下的山洞,还有一直散布到大海里的拱洞。一艘失事的军舰已经成了珊瑚礁的一部分。我的手指在沙子上画着海浪图案。妈妈曾经给我看过一张她拍的照片,那是一条波纹隆头鱼,鱼身上带着鲜艳的蓝色和橘黄色斑纹,正游过生锈的舷窗。还有另一张照片拍的是粉色和白色的毛头星,它们生活在旧炮筒上。整片礁石从海鸥岩一直延伸到海边,就像一个水下野生动物园,一片隐秘的荒野。

"卡拉!"

我抬起头。我没听见卡特太太进来。她冲贝克太太微微一笑,拉了把椅子坐到我旁边,把一本书和几张撕下来的书页放在桌子上。

"我想,我需要和卡拉谈谈。"她说。

贝克太太的眼睛在我和卡特太太之间来回扫了两遍。她收拾起她的几张纸,拎起松垮的毛毡手提包。"卡拉,下周五是这学期的最后一天。如果在那之前我见不到你,就提前祝你暑期快乐吧。"她说。

我目送她走向学校后面的停车场。

一朵云从操场上空飘过,屋里暗了下来。

卡特太太坐在椅子上,往前弓着身子。"我听说,你的书写进步很大。"她的笑容有些僵硬。

我盯着沙盘,手指从粗糙的沙子中划过。我们俩都明白,今天我们在这儿不是要讨论我的阅读障碍症。

"卡拉,我知道对你来说,今年不太好过。"

我抬起头,卡特太太正看着我。她摘下眼镜,把眼镜收好放在桌子上。

"你可以生气,这没关系。"她的声音柔和而克制,"我理解。"

我在沙子上画了一个圆,沿着这个圆一圈一圈地画着。

我希望这场谈话赶紧结束。

"可是,你不能把你的愤怒发泄到其他同学身上,也不能发泄到学校的公共财物上。"

我坚决不张嘴说话。

卡特太太往前探了探身。"你打破了杰克·伊文思的鼻子。"她说,"你对这件事是怎么想的?"

我在画的那个圆里点上两个眼睛,画了个笑脸。"他爸爸要毁掉珊瑚礁。"我说,"等禁捕令一解除,他爸爸就要把他家捕捞用的链子划拉到珊瑚礁的每一个角落,把它们全毁掉。"

"卡拉,不管什么理由,你都不能采取暴力的手段对待你的同学。"

我使劲盯着沙子。卡特太太抱起胳膊,往后靠在椅子背上。我觉得,她和我一样,也希望这场谈话赶紧结束。

"可是,为什么要撕这本书呢,卡拉?跟我说说这是怎么回事。"

我耸耸肩,用两手哗啦哗啦地捧起一些沙子。

第二节课的下课铃响了。下节课是数学,然后才是大课间。我抬头瞥了一眼卡特太太。

"卡拉,我们怎么解决这件事呢?你说吧。"

我用手指摸着书的硬边。解决什么?是指妈妈没回来,还是指在珊瑚礁捕捞?我知道,她说的根本不是这些事。我拿起一张薄薄的撕下来的书页说:"我可以帮忙修补。"

卡特太太靠在椅子背上,点点头。"这是个不错的开始。"她说,"周一下课后,你可以帮我修补这本书。给你一个周末的时间,好好把这些事想清楚。不过你知道,我必须跟你父亲谈一谈这件事。"

我让沙子从我的指缝间慢慢漏下去,看着它们在托盘里堆成了一座小山。

"你还要向杰克道歉。"她说。

我盯着自己的手,上面沾满了闪闪发亮的小沙粒。

卡特太太站起来,把书夹在胳膊下面:"你现在可以走了。"我站起来走了,不过我能感觉到她的眼睛一直在盯着我的后背。也许她真能看穿我的心事。

我会帮她修补那本书。

可是我不会向杰克·伊文思道歉。

我宁愿受惩罚。

第七章

我默默推开了教室门。班上所有同学都知道,因为打破了杰克·伊文思的鼻子,卡特太太找我谈话了。我知道,当我进去的时候,他们会停下来,转过身盯着我看。

我走进教室时一直低着头。当我在自己的座位旁停下来,却发现已经有个男孩坐在那里了。

"卡拉,找个别的座位坐。"一片寂静中传来了威尔先生的声音,"快点。"

我很快转过身,在窗边的一个空位上坐下,把数学课本摊开放在面前。我用余光瞥了一眼那个新来的男孩。他上身穿白色衬衫,下身穿黑色牛仔裤。不过,他的脸引起了我的注意。他脖子上的肌肉一条条紧绷绷地凸起,牵扯着他的左脸。他的左胳膊向上扭曲着靠在胸前,还一直在扭动,好像他根本没办法控制。

他发现我一直盯着他。我觉得这样很没礼貌,把脸迅速扭开了。

课间休息的时候,克洛伊、艾拉和新来的男孩留下来和威尔先生说话。我猜她俩今天的任务是带这个男孩四处熟悉一下。她们根本不怎么跟我说话,也没有人提杰克的鼻子。

直到上午的课结束了,我才在排队吃午餐时和克洛伊、艾拉站在了一起。我拿了一个餐盘,站在克洛伊后面,边走边往前挪着餐盘。

"那个新来的男孩去哪儿了?"我问。

克洛伊回过头。"菲力克斯吗?"她说,"他只上上午的课。暑假以后他才开始正式上课,在那以前,他只是来熟悉熟悉学校。"

"我看没什么必要。"我说,"离放假只有一个星期了。"

克洛伊倒了两杯水,一杯给她自己,一杯给艾拉。"卡特太太说,咱们学校在他来之前可能需要做点改变,像修坡道、装扶手什么的。他走路不大利索。"她说。

"他是什么样的人?"我问。

克洛伊耸耸肩,看了看艾拉:"不知道。他不大爱说话,是吧?"

"他等不及地想走。"艾拉说,"不过也不能怪他。"从艾拉旁边看过去,我看见杰克坐在桌旁。他嘴里塞满了食物,正停下来看我们说话。克洛伊和艾拉也注意到他了。

我从一摞盘子上取下一个。"黛西都等不及去参加劳伦的聚会了。"我说,"有很多人去吗?"

克洛伊把盘子伸过去要薯条:"大概十五个人。妈妈正为这事发愁呢。爸爸刚出海回来,累得要死。妈妈想让我们过去帮忙。"

35

克洛伊的爸爸和汤姆姑父都在道奇·伊文思的船上工作。他回来参加劳伦的生日聚会,但他只对汽水和生日蛋糕感兴趣。

"我也可以帮忙。"我说,"反正我也要送黛西过去。"

克洛伊瞥了一眼杰克,又看了看艾拉。"我们可以的。"她这话说得有点儿快了,"我们家里人很多,不需要帮手了。"

艾拉低头瞅着她的托盘。

"好吧。"我说。泪水刺痛了我的眼睛。克洛伊和艾拉原来总是让我和她们一起玩的。

"薯条还是烤土豆?"

我抬起头。餐厅阿姨一手拿着盛薯条的勺子,另一只手里的叉子上插着一个烤土豆。

"薯条。"我说。

她把那勺薯条倒在我的盘子里。

克洛伊在她的托盘上放了块巧克力布朗尼,然后转身看着我说:"我要去学校接劳伦和她的小伙伴,我也一起接黛西吧。"

我点点头,假装专心地看着面前的一盘盘布丁和水果:"告诉她,我五点半去接她。"

我看见克洛伊走近靠窗的那张长桌,坐在艾拉旁边。杰克和伊森也坐在那张桌子旁。杰克怒气冲冲地瞪着我。他的脸上都是青一块紫一块的瘀伤,鼻子上还贴着一块雪白的胶布。

我拿起一个苹果走过餐厅,我能感觉到杰克一直盯着我。他们的桌子周围坐满了人。我拿着托盘,独自坐在了靠门的一张空桌子旁。

我想把午饭硬塞下去,可是我的嘴巴很干,薯条卡在了嗓子眼儿里。我把薯条推到一边,咬了一口苹果。总算到周五了。整整两天不用上学,而且再有一个多星期就放暑假了。

"过得开心吗?"杰克把他的空托盘放在桌子上,坐到了我的对面。伊森倚着门框,幸灾乐祸地笑着。

我看着杰克。从近处看,他的一只眼睛充血了,通红通红的,淤青的边缘有些发黄。

"你该不会觉得,用一盒巧克力就能补偿吧?"他说话的时候,一边的嘴角向上翘着。

"巧克力不是我送的。"我说。

我等着他离开,可是他却坐在那儿,斜眼瞧着我。"你知道我爸爸为什么那么讨厌你吗?"他说。

我低头盯着盘子里吃了一半的苹果。这些话我原来都听过。

杰克从桌子对面探过身来:"艾伦是因为你妈妈才死的。"

我使劲抓着托盘边。叉子碰在瓷盘上,叮当乱响。"发现你哥哥的时候,他没穿救生衣。"我说。

杰克哼了一声。"我爸爸说,你们要为这事付出代价。"他压低了声音,"很快,你和你爸爸就会身无分文了。"

第八章

我握住黛西的手。"聚会不错吧?"我问。我们甩起胳膊的时候,她的仙女纱裙发出沙沙的声音,她跟在我旁边一蹦一跳地往前走着。

黛西点点头,仰起脸冲我笑着问:"你怎么不去呢?"

我回头看了看那座房子。劳伦正站在门口招手,不过没看到克洛伊和艾拉的影子。

"我得去替你妈妈买东西。"我撒谎说。

黛西拉着我的手往前跑:"回到家你能和我一起玩吗?"

我摇摇头:"我要出去。"

"去哪儿?"

"就是出去。"

她丢开我的手:"你要去找那只白海豚,对不对?"

我伸出手。"快点,黛西。"我说,"我跟贝芙姑妈保证,我会把你送回家。"

这不全是实话,不过我想去小海湾,不能带黛西。

"我想跟你一起去。"她说着仰起脸,一阵大风把她长长的金发吹到了脸上。她的仙女翅膀来回摆动着。她一只手抓着仙女棒和礼品袋,两只胳膊抱在胸前。

"快点,黛西。"我没心情吵架,"求你了!"

她摇摇头,看上去就像是塞进芭蕾舞裙里的甜梅仙子,正要大发脾气。

我坐在身后的矮墙上,双手捧着头,恐怕我们得在这里待会儿了。

"我去扎尼家给你买个冰激凌。"我摆弄着口袋里的几个硬币,希望我的钱够买一个冰激凌。黛西把仙女棒拿在手里转来转去,随后双手叉腰,看着我说:"我要薄荷巧克力豆的。"

"成交。"我说,"就买薄荷巧克力豆的。"我起身刚要离开,黛西又开口了。

"还要加一片巧克力。"黛西说。

我摇摇头:"没有钱加一片巧克力了。"

"那巧克力酱呢?"

我点点头:"就按你说的办。"

黛西马上冲我一笑,抓住了我的手。她的手小小的,温热而柔软。她在我身边一蹦一跳的,王冠在她的发卷上也弹跳着。我忍不住笑了。黛西总能想出办法用她的小手牵着大家的鼻子走。

扎尼家的生意很不错，队排得很长。我们慢慢往前挪。我看到杰克和伊森坐在一张桌子旁。我想离开这里，可是黛西紧紧抓着我的手。我藏在前面的那个男人身后，低着头不让他们看见我。

杰克和伊森没看见我。他们正在看坐在窗边一张桌子旁的一个男孩和一个高个子的金发女人吵架。我听不见他们吵些什么，不过我看见那个女人两手一拍桌子，站了起来。她的椅子往后倒在了地上，她弯腰把椅子扶起来，然后气冲冲地从我们身边走过，走出了店门，那个男孩一直在气哼哼地瞪着她。这会儿，我才看清楚他的脸。

"他是那个新来的男孩。"我小声告诉黛西，"他今天来我们班了。"

菲力克斯咕咚咕咚地喝了口饮料，往后靠在椅子背上。他用袖子擦了擦脸，下巴上仍有一道橙汁印记。

黛西拽了拽我的胳膊，问："他怎么了？"

"我不知道，黛西。"我扯了扯她的胳膊，"行了，盯着人看不礼貌。"

听见杰克忽然大笑起来，我抬起了头。不过，这一次他们不是在笑我。他们在笑菲力克斯。伊森将双臂抱在胸前，咧着嘴露出不怀好意的笑容。菲力克斯的脸色阴沉下来。他朝我看过来，好像我也是他们一伙儿的，我扭过脸去。

我们随着队列慢吞吞地往前挪。

可是杰克和伊森仍不肯罢休。我听见他们又在笑。

黛西拖着我的手,不往前走了。我想拉她往前走,可是她挣脱开了我的手。

"别这样了。"她嚷道,"别这样了。"她跑到杰克和伊森面前,一手叉腰,像小叮当在虎克船长和斯密面前那样举起了仙女棒。她指着菲力克斯说:"他也没办法。"她的仙女翅膀竖起来,小脸涨得通红。

杰克和伊森哧哧地偷笑着。咖啡馆里的人从座位上转过身,看着他们。杰克站起来,他看见我,马上板起了脸。"走吧,伊森。"他说。他推挤着伊森从我身旁走过去,低声嘟哝了一句,不过声音大到让我能听到:"这里就是麻痹症病人和可怜虫待的地方。"

黛西又抓住了我的手,这次抓得更紧了。我能感觉到她的指甲掐着我的手心。

我用一只胳膊搂着她,向后瞥了一眼菲力克斯。他正盯着桌子,用那只正常的手一圈一圈地转着盐罐。

我们来到柜台前,正要点餐,扎尼太太已经给黛西准备好了:两个球的薄荷巧克力豆冰激凌,浇上了巧克力酱,还加了一片巧克力。

"这个冰激凌是店里请你吃的,黛西。"她微笑着说,"你刚才做了件了不起的事。现在这个世界就需要你这样的人。"

黛西眉开眼笑地接过冰激凌。

"黛西,快走吧。"我拿过她的仙女棒和袋子,"咱们走吧。"

"我想去和他打个招呼。"她说。

我微笑着站在咖啡馆门口等着她。黛西想让全世界的人都和她做朋友。她走到菲力克斯的桌子前停下来,挺起胸膛,咧开嘴笑了。

我听不见他们说了些什么。黛西突然拉长了脸,小叮当小小的光环熄灭了。她的冰激凌掉在了地上,甜筒摔碎了,薄荷巧克力豆冰激凌球溅到了地板上。黛西径直从我身边跑过去,冲出敞开的咖啡馆门,她的两颊绯红,脸上挂着泪珠。

第九章

我在港口旁找到了黛西。她坐在一堆龙虾篓子中间抽泣着,大口喘着气。

"黛西,怎么回事?出什么事了?"

她把仙女翅膀扯下来,扔进泥里。她想折断仙女棒,可是这根塑料棒只是折弯了,于是她把仙女棒也扔进了混着油的污泥里。

"你听见他说的话了吗?"她瞪大了含着泪水的眼睛。

我蹲下,双手搂着她:"黛西,他说什么了?"

她摇摇头,把头埋在我的胸前。

我抬起她的下巴:"好了,黛西,告诉我吧。"

"他说……"她抽泣了一声,然后强忍着泪水说,"他说……他没有贴广告说要找个胖神仙教母。"

"你开玩笑吧?"我说。

黛西摇摇头:"他就是这么说的。"

我使劲忍住笑:"行了,黛西。他不过是没有礼貌。"

她瞪着大大的圆眼睛,看着我说:"我不胖,是不是?"

"当然不胖。"这次我笑了,"你正正好好,不胖不瘦。你刚才在咖啡馆做了件很勇敢的事。"她看着我,可她并不相信我说的话。她的脸上全是泪痕,抹得脏兮兮的。她还在抽泣,浑身都在发抖。

我把她拉起来:"快点。咱们看看能不能找到那只白海豚。"

她破涕为笑,问:"真的吗?"

我点点头,但我不能带她去秘密海湾。那儿的悬崖太陡,不好爬,而且我们也不可能按贝芙姑妈规定的时间赶回家。

"咱们到下面的海滩上去吧。"我说,"也许能在那里看到它。"

我拉着黛西的手,沿着海滩走到另一边的礁石水洼那里。我往海上看去,可是海湾里根本没有海豚的影子。

"咱们去蓝色水池吧。"我说,"看看能发现些什么。"

潮水还很低,我们还能沿着岩石板和一块块浅色的沙地,挑着路朝海岬方向走。这里的礁石水洼又深又隐蔽。有一些是两米宽的裂缝,里面是迷你水下世界。不过有一个礁石水洼比其他水洼都大,简直是个迷你宇宙。

蓝色水池是个潮汐水池,三面被大块的板岩包围。大概五十年前,水池中修建了一座横跨的水泥暗礁,为的是把水留住。现在,这里是一个很大很深的礁石水池,大到人都可以在里面游泳。里面的池壁上全都是海葵和海带,有时候,在两次涨潮中间也会有鱼被困在这里。

涨潮的时候,海水会漫过水泥暗礁,那时候的蓝色水池就像我在杂志上看到的豪华游泳池,一直往海里蔓延,仿佛是大海的一部分。盛夏时,这里挤满了人。不过今天,就只有我和黛西。

我脱下鞋和袜子,卷起裤脚,把两只脚伸进冰凉的海水里。我低头盯着耀眼的水面,希望能看到被困在里面的一只水母或是一条大鱼。"黛西,你看到什么了吗?"我问。

"鸟婆婆。"她压低声音小声说。

"什么?"我说着抬起头。黛西指着布满岩石的海岸。我刚才没看见,她隐藏在阴影里。不过,现在我看见一个老太太坐在水边的大圆石旁,微风吹动着她花白的长发和黑色的披肩。她正从一块面包上撕下几小块,抛向空中。海鸥盘旋着,俯冲下来叼面包,在岩石上叽叽喳喳地争抢着掉落的面包屑。

"是潘露娜小姐。"我说,"我以为她搬走了。"

"她是个巫婆。"黛西说。

"黛西!"我大笑起来,因为如果潘露娜小姐有个扫把的话,我也会以为她是巫婆。

黛西皱着眉头看了看我,抱起了胳膊:"她就是个巫婆。汤米说他爸爸农场的牛长了个疙瘩,兽医都没治好,可被鸟婆婆治好了。"

"那你要小心喽。"我说,"她朝这边来了。"

黛西想拉我起来:"快点,咱们走吧。"

"黛西,别犯傻了。"我说,"根本没有什么巫婆。"话是这么说,可是她从旁边经过的时候,我还是缩进了礁石的阴影里。黛西紧紧靠着我,我们看着她从旁边走过去,爬上通向海岬旁小路的台阶,经过多年的踩踏,台阶变得很光滑。就在她快爬到台阶最上面的时候,她跟跄了一下,扑倒在地。拐杖咔嗒一声摔在地上,然后滑落到了岩石下面。我们只能看见她斗篷的领子从高高的草丛间露出来。

她没动。

我看看黛西,黛西看看我。"咱们最好去看看她有没有事。"我说。

黛西点点头,跟着我小心翼翼地走过那些岩石。我们来到潘露娜小姐身边时,她正坐起身来,揉搓着两个膝盖。她的羊毛裤袜上渗出了一小片血。

我捡起她的拐杖:"您没事吧?"

潘露娜小姐抬起头,笑了笑:"没事,谢谢你,宝贝。"

我伸出手,拉她站起来。她披肩下面的胳膊瘦得似乎只剩骨头了。她太轻了,像一张纸一样单薄。鸟儿一般的眼睛在我脸上飞快地瞟了一眼。

"你是凯伊·伍德的女儿,是吗?"

她的问题让我吃了一惊。已经很久没人提起妈妈了。

我点点头。

黛西紧紧抓着我的手。

"她过去经常给我送鸟过来。"潘露娜小姐说着捧起两只手,好像在捧着一只鸟,"有趣的黑白相间的小鸟,长得像鸽子。它们是迷路的鸟,在暴风雨中找不到它们的兔子洞了。"

我听见黛西忍着没让自己咯咯笑出声来。她用一只手捂着嘴,眼角露出了笑意。

不过,潘露娜小姐没注意到。她弯下腰,挤在我们俩中间,瞪大眼睛,小声说:"我把它们放在我的排水管里过夜。"

这会儿,黛西在我旁边浑身抖动,我咳嗽了几声,想盖住她没忍住的咯咯笑声。"您确定没事吗?"我说。

潘露娜小姐点点头,用披肩裹住肩膀,从我手上拿过拐杖:"我没事,谢谢你。"

她刚要走,却又转过身来,面对着我,头歪向一边。

"你妈妈好吗?"她问,"我离开这里以后就再没见过她。"

我耸耸肩。这个问题很简单,可是我也不知道答案。"我不知道她现在在哪儿。"我说。

潘露娜小姐观察着我的脸色,不知怎么回事,她让我感觉自己像是一个丢了昂贵玩具的粗心大意的孩子。我以为,这个镇上的每个人都听说妈妈的事了。妈妈的事去年上过报纸的头条。妈妈工作的那个鲸和海豚慈善机构的四个成员(包括妈妈在内),在所罗门群岛失踪了。他们当时在帮助当地人阻止人们为世界各地的海洋生物主题公园捕捉海豚。迪拜的一个主题公园想要二十只海豚,加勒比海地区的另一个公园也想要几只。妈妈想找出幕后主使。她说,有人打算大赚一笔黑心钱。

潘露娜小姐用她的拐杖戳了戳我的胸膛:"你妈妈会平安回来的。"

我点点头,瞥了一眼黛西。"谢谢。"我不知道自己还能说些什么。

我看着她爬上最后几级台阶,慢悠悠地沿着海滨小路回镇上去了。

黛西转过身,瞪大眼睛看着我:"也许她能找到你妈妈。"

"别犯傻了,黛西。"我说,"全都是胡说八道。你刚才不都看见了吗?"

天上的云裂开了一条缝,一道金色的阳光照在潘露娜小姐身上。我禁不住想,也许黛西说得对。

也许潘露娜小姐真能找到妈妈。

第十章

煎培根的香气顺着楼梯飘上来,飘进了我和黛西的房间。她还在熟睡,金色的鬈发散在枕头上。我穿上睡袍,下楼去厨房。汤姆姑父坐在餐桌旁。他穿着防水裤,捕鱼时穿的靴子放在后门口。我猜,他今天又要出海了。贝芙姑妈站在炉边,正在煎培根。她的一只手放在肚子上。她的肚子已经很大了。

还有六周,小宝宝就要出生了。

"黛西起来了吗?"她冲我晃了晃煎铲说,"我今天要带她去普利茅斯,我可不想误了车。"

"我去看看。"我说。

我回到卧室,叫醒了黛西。她把玩偶紧紧搂在怀里,迷迷糊糊地跟着我走下楼梯,她还没睡醒呢。现在爸爸也在厨房里,正给他自己倒咖啡。

"你真帅。"我说。

爸爸抬起头。他梳了头发,穿着他唯一的一套西装。周六上午,他一般是穿旧毛衣和牛仔裤,在海港里瞎忙。

爸爸皱起眉头,冲着桌上的一个浅蓝色文件夹摆摆脑袋。"我要去见那个想买莫娜的人。"他说。

"在我看过附加条款之前,什么都别签。"汤姆姑父说,"你得卖个好价钱。"

我坐下,气哼哼地看着爸爸。黛西坐在我旁边,爸爸把文件夹放在了他旁边的椅子上。

汤姆姑父拿过黛西的那盘培根和煎蛋,开始帮她切培根。"昨天晚上的聚会不错吧,黛西?"他问道。

黛西点点头,然后看了看我。"我和卡拉看见鸟婆婆了。"她说。

汤姆姑父皱起眉头:"鸟婆婆?"

我点点头:"就是潘露娜小姐。"

"潘露娜小姐?"贝芙姑妈哼了一声,接着在平底锅里又放了一片培根,"那个疯癫的老太婆?真不敢相信他们居然放她出来了。"

"从哪儿放出来了?"我说。

汤姆姑父咳嗽了一声,瞪了贝芙姑妈一眼。"她身体不大好。"他说。

贝芙姑妈厉声说:"你们真应该看看他们把潘露娜小姐带走的时候,她家里是什么样子。简直太脏了。穆丽尔说那儿到处都是鸟屎。老天爷,她的客厅里有六只乌鸦。"

黛西咯咯笑着说:"她告诉我们,她把鸽子养在排水管里。她还说,它们在暴风雨中找不到它们的兔子洞了。"

贝芙姑妈往嘴里塞了一小块培根:"明白我的意思了吧?她完全疯了。"

贝芙姑妈帮黛西收拾东西的时候,我洗了盘子。他们提着包,拿着外套,匆忙走出门去,汤姆姑父开车送她们去汽车站,我跟黛西挥手告别。

我坐在爸爸身边,陷入了沉思。现在这里是我们的了,至少这一小会儿是这样的。

"没想到潘露娜小姐还记得。"爸爸说。

"记得什么?"我问。

"那些鸟。"他说,"你妈妈原来确实给她送过鸟,是一种黑白相间的花斑鹱鸟,住在海岛上的兔子洞里。它们看起来确实有点儿像鸽子。你妈妈发现它们的时候,它们还只是刚长出羽毛的小鸟,被暴风雨吹上了岸,全都累得飞不动了。"爸爸抿了一口咖啡,轻声笑了:"潘露娜小姐在放它们走之前,把它们安置在旧排水管里过的夜。"

我笑了:"也许潘露娜小姐根本没有大家想的那么疯癫。"

爸爸瞥了一眼挂钟,把文件夹放在桌子上。他叹了口气,用手摩挲着文件夹脏兮兮的边缘:"我得走了。"

我知道文件夹里是什么。我以前见过好多好多次。爸爸给我看过他们发现莫娜时的照片，当时它停在一个小港湾里，船身已经腐朽了。他还给我看过翻修它时的照片，它的设计图纸和草图，还有一小块方形的帆布。

爸爸拿出一张照片："我觉得咱们应该留下这张。"

我看着照片，用手指抚摸着照片的边缘。这是我们放莫娜下水那天拍的，那是它一百多年后再一次下水航行。小船挂在绞车架上，正要放进水里。妈妈说，我们的船重获新生，需要取个新名字，而且必须是个能把我们大家联系在一起的名字。于是，她选了莫娜，一个来自她的祖国新西兰的名字。在毛利语中，这个词的意思是大海。

我把照片塞进文件夹。"把它放在里面吧。"我站起身，从厨房的窗户望去，远处是一望无际的大海。我记得妈妈曾经说过，如果我们关照莫娜，莫娜也会关照我们。我不禁觉得，我们可能让她失望了。

"爸爸，我和你一起去。"我说，"我们不能把它随便卖给什么人。起码我们可以为它做到这一点。"

爸爸点点头："我在外面等你。"

我换上 T 恤和牛仔裤，又套上一件浅蓝色毛衣，因为只有这件衣服上面没有破洞。我和爸爸走过镇子，爬上陡峭的山坡，来到悬崖顶部的那排新房子前。

那些房子隐藏在高墙和带门的车道后面。大个头儿的四轮驱动越野车和闪闪发亮的轿车停在双车库的前面。另一侧建新房的工地上的灰尘朝我们吹过来。

"有些人就是运气好。"我说,"我敢打赌,莫娜对他们来说就是个玩具。"

"听说安德森先生人不错。"爸爸说。

"就是他想买莫娜吗?"

爸爸点点头:"他说,他原来航行过好多次。现在他在伦敦有一家软件公司。他在伦敦住了十五年,太久了,所以才想搬到这里来。他有个儿子,和你年纪相仿。"

"好极了!"我小声说。我原来以为,有人会买了莫娜,然后把它带走。不过,看着别人驾驶着它在海湾里航行,这样更糟糕。

"就是这家。"爸爸说。

我们在路尽头一条铺着碎石的车道外面停下脚步。爸爸摁响了墙上的对讲机,大门自动打开了。一个男人站在房门口,身穿褪色的T恤和牛仔裤。我目不转睛地看着他。在我的想象中,安德森先生应该是位穿西装、打领带的绅士。

"伍德先生。"他微笑着冲爸爸伸出一只手。

爸爸握了握他的手:"这是我女儿,卡拉。"

安德森先生转身看着我:"很高兴见到你,卡拉。"

我把两只手深深插进口袋里,用鞋蹭着脚下的碎石子儿。

"哦,快进来吧。"安德森先生说,"我去找我儿子。你得见见他。"

我和爸爸站在门厅里,目送安德森先生离开。房间很大,四面都是白墙。地板用的是晒褪了色的木头。在楼梯间旁边的桌子上放着一个玻璃罩子,里面是一艘高桅横帆船的模型。我把鼻子贴在上面,呼出的气为玻璃罩蒙上了一层雾气。我想象海盗在浓雾的掩蔽下靠近这艘船,小海盗们在缆绳上荡来荡去。我想让他们逼着这艘船的船长走上跳板,跳到大海里去。

"很棒吧?"

我有些不好意思地转过身来。安德森先生正透过蒙着雾气的玻璃往里看:"这是美洲号的复制品,就是在1851年的环怀特岛帆船赛中获胜的那艘双桅帆船。"

我直起身,用袖子把自己的哈气擦掉,然后向四下看了看,想看看他的儿子在哪儿。门厅里没有其他人。

"你们跟我来。"他说,"我终于找到他了。在这个镇上交几个朋友对他有好处。"

我和爸爸跟着安德森先生穿过走廊,走过一扇门,进入一个洒满阳光的房间。从一整面的弧形落地窗望出去,满眼都是大海——浩瀚的大西洋,窗前还摆放着白色的皮沙发。

"卡拉,来见见我儿子。"安德森先生说。

我转过身。一个男孩坐在桌前,背对着窗户,眼睛紧盯着大大的电脑屏幕。我只能看见从椅背上方露出的头顶。他转过椅子,皱起了眉头。

我也沉下了脸。

我真不敢相信是他。

我抱起胳膊,知道自己无法掩饰脸上的反感。

"我们已经见过面了。"我说。

那个男孩竟然是菲力克斯。

第十一章

是班上新来的男孩。

那个对黛西很没礼貌的男孩。

没人说话,只有吊扇在我们头顶上嗡嗡地转动着。安德森先生看着菲力克斯,挑起了眉毛。

"我们在学校见过。"菲力克斯说。他的声音带着很奇怪的鼻音,好像得了重感冒一样,话也说得含糊不清。

安德森先生看看我,又看看菲力克斯。他用手揉搓着下巴说:"菲力克斯,让卡拉看看你在用电脑干什么,好不好?我让妈妈拿些柠檬水过来。这样好吗,卡拉?"

我点点头,抬头盯着旋转的风扇叶片。

"卡拉!"爸爸斜着眼睛看了我一眼。

"安德森先生,谢谢您。"我气哼哼地瞪着爸爸,一字一句地说,"您真是太好了。"

安德森先生微微一笑:"好,吉姆,咱们去找个安静的地方,谈谈你那艘可爱的船吧。"

我目送他们离开,转身看着菲力克斯,可他又去玩电脑了,用他那只正常的手敲着键盘。我站在他椅子后面看。房间里只有敲击电脑键盘和风扇叶片转动的声音。

"你知道,黛西只是想帮忙。"我的声音听起来很大,在房间里还有回声。

菲力克斯的手指停了下来:"哦,如果我让她不高兴了,那我道歉。不过,你可以告诉你妹妹,我不用她帮忙。"

"你可以自己跟她说对不起。"我说,"还有啊,她是我表妹,不是我妹妹。"

"无所谓。"菲力克斯说着又开始敲起键盘来,"听着,如果有人在我身上找乐子,那是他们的问题,不是我的问题。这没什么大不了的!"

这时,电脑屏幕变成了一片空白。菲力克斯使劲敲着键盘,用手捶着桌子。"这个才是大事。"他伸手理了一下自己的头发,"这里没有宽带网络。你们怎么过得了这样的日子?"

我把两只手揣进口袋里:"你这是想干吗?"

菲力克斯翻了个白眼:"这你还看不出来?我想上网玩这个游戏。可是,我连不上网。"

一个全副武装的战士闪现在屏幕上。他的身体慢慢地转着圈,周围都是武器选项。他的衣服颜色不断变化着,从军绿色到沙漠黄,再到极地白。

"终于连上了!"菲力克斯长出了一口气,"《隐形战士》,你以前玩过吗?"

我摇摇头。

"玩到不同等级会给你不同的迷彩服。"他说,"我现在打到第六级。等到第十级,你就能隐藏在任何背景中了。"

我揉揉眼睛。学校的电脑屏幕老是让我头晕眼花。

"你觉得学校怎么样?"我问。

"不怎么样。"他的眼睛没离开屏幕,手还在敲击着键盘。他的战士出现在城市场景前。"看哪,看这儿。"他说。六个敌方士兵从一条路上朝他跑过来。菲力克斯在他的控制器上按了个什么键,他的战士和身后墙上的砖块背景融合在了一起。敌人赶到的时候,只能看见留在地上的影子了。"很酷吧?"他说。

我耸耸肩。可是当我再次看向屏幕的时候,他的战士突然变成了鲜红色。最高大的那个敌方士兵击毙了他。

"雷克萨斯教授!"菲力克斯喊道。他坐在椅子上,扑通一声往后一靠,"我早该想到的。我的战士一看到他就会生气变红。我现在只能重新开始了。"

我不想看菲力克斯玩电脑游戏。我一直在想爸爸和安德森先生会说些什么。他想买我们的船吗？我走到窗前，看着外面的大海。阳光照进来，尽管有电扇，屋里还是很热。我脱下毛衣，丢在地板上。一只海燕滑过，它展开短粗的双翼，调整着角度，乘风前进。大海在阳光下闪闪发亮，虽然看起来很平静，但海鸥岩的底部有大朵白色的浪花在翻腾。一艘帆船在风中倾斜着船身，在海浪间上下起伏。今天海上的风浪比平时看起来要大得多。

身后传来了脚步声。我转身看到一位女士端着托盘走过来。我认出她就是在咖啡馆和菲力克斯吵架的那位女士。她就是安德森太太。

"你就是卡拉吧？"她问道。我点点头。

"我注意到，菲力克斯没让你玩。"她说。

菲力克斯要么没听见，要么就是不想理她。

安德森太太微微一笑，用能让菲力克斯听见的声音说："他总是得坐在控制椅上。"

"反正我对电脑游戏也不怎么感兴趣。"我说。

"那多好呀。"她说，"菲力克斯，你听见了吗？你可以停下来歇会儿了。"

菲力克斯从椅子上站起身，朝我们走过来。他的步子很小，还跌跌撞撞的。我注意到，他的脚趾先于脚跟着地。他用那只正常的手拿起一杯柠檬水，面无表情地说："如果我们还在伦敦，我早就和我的朋友出去了。"他仰头喝下一大口柠檬水，又从盘子上拿起一块饼干塞进了嘴里。我猜,昨天他们在咖啡馆里争论的就是这件事。

我端着饮料,回身看着窗外。

"美极了,是不是?"安德森太太说,"我们买这座房子就是因为这里的风景实在太美了。"

我小口喝着柠檬水。这是用新鲜的柠檬汁做的柠檬水,不是那种瓶装的气泡饮料。

"前天晚上我们看到海豚了。"安德森太太说,"就是从这扇窗户看到的。"

我看着宽阔的海湾,说:"我也看见过。"

安德森太太笑了:"它们可真是聪明的动物。我们在佛罗里达的水上公园看见过海豚。菲力克斯,你还记得它们的表演吗?"

"棒极了。"菲力克斯一点儿都没有掩饰自己的嘲讽,"看着一只海豚钻圈,能有多激动人心啊?"

我想知道,他知不知道海豚是什么感觉,它们被圈在一个小水池里,每天一个圈一个圈地跳。可是我没说话,我担心自己说出什么不中听的话来。我只能盯着我的饮料。我想找到爸爸,离开这里。可是这会儿,我根本不知道他在哪儿。

安德森太太没理他,转过脸看着我:"你和你爸爸一直住在这里吗?"

我点点头。我希望她别再这么友好了。"我爸爸是个渔民。"我说这话的时候,觉得自己特别蠢。没有船,他还怎么捕鱼呢?

"你妈妈呢?"安德森太太问,"她是做什么的?"

我觉得脚下的地面仿佛塌陷了一般。我使劲咽了口唾沫,紧紧握着玻璃杯,结结巴巴地说:"她不在。妈妈现在不在。她……"我的声音越来越小,我不知道自己该说些什么。

这时,我听见了爸爸的声音,然后看见他和安德森先生从门外走了进来,安德森太太和我一样都松了一口气。

安德森先生微笑着说:"哎,卡拉,你有个非常聪明的爸爸。莫娜是一艘很棒的船,是真正的好船。"

我本来想说点什么阻止他买莫娜,可是我不想说了,因为我从来没有听过别人这么夸奖爸爸。

安德森太太歪着头说:"嗯,马特?"

安德森先生咧嘴笑着,看着爸爸:"吉姆,我可以告诉他们吗?"

我看看爸爸,可是从他的脸上我什么都看不出来。他肯定没有答应卖掉莫娜吧?

菲力克斯皱起了眉头。

安德森先生笑了:"吉姆提议明天带我们驾驶莫娜试航一次。"

菲力克斯喝完饮料,把玻璃杯放在桌子上:"我很忙。"

"又不用一整天。"安德森先生说。我注意到,他冲菲力克斯也皱起了眉头。

"天气怎么样？"安德森太太问。

爸爸往海上看了看。我看到海浪像一群白色的骏马，旁边花园里一棵树的树梢在风中摇摆。

"今天海上有些风浪。"爸爸说，"不过，明天风就会小了，所以应该没问题。"

安德森太太瞥了一眼菲力克斯，又看了看她丈夫："马特，我觉得你去就行了。反正菲力克斯也不想去。"

安德森先生把两只手猛地插进口袋里。"好吧。"他说，"好吧。"脸上露出一丝不悦。不过我心里却忍不住高兴得想笑。只有他一个人对莫娜感兴趣。可能他根本不会买莫娜。

安德森先生带着我和爸爸回到门厅。他打开门，凉爽的空气马上钻了进来。

"等一下。"我说，"我忘记拿毛衣了。"我转身跑回屋里，希望能悄悄进去，不引起菲力克斯的注意，可是他正站在窗边看着外面的大海。我走过去拿起毛衣。他甚至没有转过身来看我，直接问："那外面有什么？"

我越过他看向广阔的蓝色大海。

"那里什么都没有。"他说，"你别生气，这儿就是太无聊了，没什么事可做。"

"那你就回伦敦去啊。"我说。

菲力克斯翻了个白眼:"爸爸觉得,我需要呼吸海边的新鲜空气。妈妈呢,她觉得伦敦太危险了。"

"不可能那么糟糕吧?"

"当然没有。"菲力克斯说,"其实,我在那儿过得好着呢。"

"那就强迫他们回去啊。"我说。

菲力克斯把头抵在玻璃上,盯着外面的大海:"相信我,我是想这么干。"

我转身朝门口走去,心里有了一线希望,如果菲力克斯能说服他们回伦敦去,也许安德森先生就不会买莫娜了。

我在门口停下脚步,转过身说:"你明天不出海就对了。海上风浪太大,有时还会有狂风暴雨。"

菲力克斯冷笑了一声。"这些我倒不在乎。"他说,"我只是不明白,在一艘破船里一会儿上来,一会儿下去,有什么意思呢?"他迈着蹒跚的小步子回到控制椅上,开始敲击键盘。

我微微一笑,因为他骗不了我。"出海可不是玩游戏。"我说,"风在你面前尖叫,海浪从船两边打过来的时候,你可没有第二次机会。"

菲力克斯的手指重重地敲着键盘,不过,我知道他在听。"当现实中的世界不在你的控制之中,"我说,"你又能有多勇敢呢?"

菲力克斯的手指停了下来。

我笑着关上门,把菲力克斯和一片沉寂留在了房间里。

第十二章

"我在旁边放了一保温瓶咖啡,你们可以带上。"贝芙姑妈说,"还有几个番红花小面包。希望这些能让安德森先生愿意买下莫娜。"

爸爸的渔具、备用救生衣,还有一桶鱼饵都堆在厨房门口。我把保温瓶和其他野餐用的东西塞进帆布包,把小面包放在最上面。爸爸已经装了一些馅儿饼、薯片、一大瓶柠檬水,还有几个塑料杯。

"他想吃的是寿司,不是馅儿饼。"我说。

爸爸抬起头问:"你说什么呢?"

"没什么。"我从一个小面包上抠下一颗葡萄干,用手指来回捻着。

"别弄了。"贝芙姑妈从杂志上方抬眼瞪着我,"安德森先生不会想吃别人吃过的面包。"

黛西正从杂志和商品目录上剪下图片,贴在纸上。她把剪刀停在半空中,皱着眉头问:"他儿子就是我们在咖啡馆见过的那个男孩,是不是?"

我点点头："他是新转到我们学校来的。"

黛西的眉头皱得更紧了："他有点儿毛病,是不是？"

"你说得没错。"我说,"他很没礼貌,我不喜欢他。"

爸爸打开冷水管,看着水灌进一个旧塑料瓶里。"安德森先生告诉我,菲力克斯得的是脑瘫。"

贝芙姑妈抬起头,倒吸了一口凉气。"我刚刚在杂志上读过有关脑瘫的文章。如果婴儿在出生前脑部缺氧,就会得脑瘫。"她把一只手放在肚子上,另一只手举起一本杂志,"这上面有个故事,讲的是一个脑瘫女孩。她不会走路,也不会说话,一辈子只能待在轮椅上。"

"那个男孩不坐轮椅。"黛西说。

爸爸关上水龙头,拧好瓶盖："我觉得,脑瘫对有些人的影响要比另外一些人严重些。"

贝芙姑妈合上杂志,摇摇头："我很同情他可怜的父母。"

"我也是。"我说,这是头一回,我和贝芙姑妈能在一件事上看法一致,"我不知道他们怎么能受得了他。"

"卡拉！"贝芙姑妈皱起眉头看着我,"你不该说这样的话。他……"她停下来,好像一时之间找不到合适的词语："我只想说,你应该为他感到难过。他和你我不一样。"

我拿起帆布包,走出门。"都这样了,好像也没能让他有礼貌点。"

爸爸站在莫娜里面,把主帆拉上桅杆:"我们得把帆收起来一些,海风有点儿大。"

我从港口护堤之间的缺口看出去。远处的海面有些起伏不平,翻涌着白色的浪花。"没那么糟糕。"我说,"更糟糕的天气,我们不也张着满帆出过海吗?"

爸爸将船帆底部折起一截,让主帆小一些。"我们这又不是参加比赛。"他说,"是带安德森先生慢悠悠地出海航行一次。"

"我们应该收他的钱。"我说,"他很有钱。"

我把野餐袋、游泳包和备用浴巾拖进船里,然后把这些东西塞进前甲板下面的储物柜里,再把放饵料的桶绑在桅杆基座上。我真希望今天船上只有我和爸爸,没有别人。

"安德森先生来了。"爸爸说。

我抬头看见安德森先生从浮桥码头上走过来,安德森太太和菲力克斯跟在他身后。他们一起过来给安德森先生送行让我有些吃惊。浮桥码头上的木板随着他们的脚步起伏着,我看见菲力克斯绊了一跤,跪在了地上。他妈妈想扶他起来,可他拂开了她的手,自己站了起来。

"都准备好了?"安德森先生说着把他的包放在了船旁边。

爸爸点点头:"今天出海应该很爽的。"

安德森先生瞥了一眼身后的菲力克斯,说:"希望你们不要介意,菲力克斯改主意了。他也想跟着去。我给他借了件救生衣。"

"我没意见。"爸爸说。

菲力克斯气哼哼地看了我一眼,然后移开了视线。

安德森太太的围巾被风吹到了脸上,她把围巾拽开,说:"马特,我真的觉得这个主意不太好。今天风太大了。"

"没事的。"安德森先生说,"你觉得呢,吉姆?"

爸爸抬头看了看杂货店房顶上的旗子。旗子全展开了,在风中飘动着。远处的树梢在晃动。"我估摸是五级风。"他说,"不过,我查过天气预报,过会儿风就会小些。"

我把两手插在口袋里,偷偷瞥了菲力克斯一眼。"我觉得看起来像是六级或是七级风。"我说。

安德森太太裹紧外套,双臂抱在胸前:"菲力克斯,我觉得你不该去。"

安德森先生转身看着她:"可是,莎拉……"

她俯下身,挨着安德森先生的头,可我还是能听见他们说的话。风正朝这边吹过来。

"在海上什么事都可能发生。"她说,"如果你们翻船了呢,到时候该怎么办?"

安德森先生用手理了一下头发:"莎拉,什么事都不会发生的。"

"听着,马特,如果你想买那条破船,那就买吧。"她厉声说道。我瞥了一眼爸爸,我知道他也能听见他们的谈话。"不过,你可别指望我们踏上船一步。"

"我想去,妈妈。"菲力克斯表情严肃地盯着水面,"我不会有事的。"

我穿上救生衣,拉上拉链,然后拉紧尼龙搭扣。我没法儿想象,菲力克斯会喜欢这次航行。

安德森太太瞪着菲力克斯:"你怎么改主意了?"

菲力克斯仍旧盯着水面:"我想去。"

安德森太太噌地一下转过身,冲着她丈夫说:"你随身带手机了吧?"

"带了,莎拉。"他说。他伸出手想去拥抱她,可她转身走了,踩在木板上咚咚的脚步声震动着我的光脚板。

我看见安德森先生系紧了菲力克斯的救生衣,扶他上船。菲力克斯挣扎着荡过他的左腿。他的一条腿很僵硬,直直地伸在前面,一只胳膊扭曲着。船在不停地晃动,他往前跌过去,他爸爸一把抓住了他。

"可能你坐到前面去会好一些。"爸爸说,"前面空间大,还有一个把手。"

菲力克斯费劲地坐到座位上,用他那只正常的手紧紧抓住黄铜把手。他的手指关节都泛白了,我感到一阵内疚。我根本就没想过,这对他来说有多困难。

我解开缆绳,把莫娜推离浮桥码头。爸爸张开船帆,我们从港口的护堤间驶了出去。

第一个海浪打在我们的侧面,我看到菲力克斯向旁边打了个趔趄。他低头盯着船板,使劲倚着船的一侧,做好准备迎接下一个海浪。我们驶进海湾以后,他才抬起头来。海湾里没有汹涌的海浪。安德森先生面带微笑往后靠着,太阳照在他的脸上。他一只手拿着三角帆索,热切地想帮爸爸驾驶莫娜。菲力克斯又在低头看着自己的脚。

他脸色蜡黄。

我滑到他身边:"如果你看着船外面,感觉会好一些。"

菲力克斯很快抬起头,阴沉着脸看着我说:"我对景色不感兴趣。"

我往后一靠,凝视着大海:"我的意思是,如果你的眼睛望着地平线,就不会觉得那么恶心了。"

菲力克斯点点头,向船外看去。

"安德森先生,如果你没意见,我们先去查看一下龙虾篓子。"爸爸喊道,"然后我们去海鸥岩,可以在那里停下来吃午饭。"

"我们没意见。"安德森先生喊着回答道。爸爸在风中掉转船头。安德森先生把三角帆索放出去一些:"卡拉,你和你爸爸有多少个龙虾篓子?"

"差不多有二十个。"

"能捉到很多龙虾吗?"

"足够多。"我说。

莫娜在我们身后形成的尾波像带有蕾丝花边儿的丝带。阳光洒在耀眼的海面上,像闪闪发亮的星星。很快,我就再也看不到这些了,也不会有这样的经历了。

我们绕过海岬,经过布满礁石的水湾和崎岖的海岸线。亮橙色的螃蟹和龙虾篓子的浮子在水里上下浮动着,标明了下面篓子的位置。有个男人在他的船上向我们招手。我看到他的浮子上的字母缩写是TL。是快乐美人鱼的泰德在查看他的龙虾篓子。我还记得我们的浮子上写的是爸爸名字的字母缩写,我还在上面画了大朵的白花。爸爸说他在酒馆里可听够了,他们叫了他好几个月的"篓子花美男"。他们还爱取笑他,因为妈妈让他用传统的柳条篓子,而不是新式的金属和尼龙网眼的篓子。

爸爸给船帆卸掉一些风,我们慢下来,驶向布满礁石的小海湾入口处,那里是我们放龙虾篓子的地方。两只乌鸦在悬崖顶部呱呱叫着。海浪拍打着礁石,几只海鸥在小海湾上空盘旋鸣叫。我抻长脖子往那边看,那里肯定有什么东西吸引了海鸥和乌鸦。一个画着白花的浮子在水上一起一伏地漂走了,就像被小孩子丢失的气球,后面还拖着一条长长的蓝绳子。

忽然,我觉得心里很难受,有什么东西让我感觉不对劲。

一声机器的轰鸣刺破了宁静,一缕黑烟升上了天空。一艘橙色的刚性充气船从我们的小海湾里冲出来。它爬上一个浪头,然后啪地掉下来落到了水里,浪花四溅。

它贴着我们驶过去,然后转头紧贴着我们绕了个弧形。莫娜在它的尾波中摇晃起来,我不得不伸出手抓住船舷,免得掉进海里。我看到道奇·伊文思站在舵轮前,脸上带着冷笑。杰克举起一只手,做了一个失败者的手势。

我的心在胸膛里怦怦直跳,因为杰克的话在我的脑子里一遍又一遍地回响着:

"很快,你和你爸爸就会身无分文了。"

第十三章

小海湾里几乎看不到我们的浮子。

又有两个橙色的浮子拖着剪断的绳子漂浮着撞向礁石。我看到上面有爸爸名字的字母缩写,还有画上的白花。有一个浮子漂在我们附近的水面上。爸爸把它拉过来,拽起了绳子。龙虾篓子从船舷一侧被拉上来,已经成了一堆烂柳条。很显然,它们被硬扯了下来,捕虾网弯曲的漏斗也给剪下来了。现在篓子没用了。

爸爸盯着他手里那堆乱七八糟的东西。"卡拉,全都没有了。"他说。

我盯着那艘消失在远处的橙色刚性充气船,白色的泡沫在它的尾流中飞溅起来。

安德森先生坐在那里,身体前倾,眉头紧锁:"这里出什么事了?"

"报警吧,爸爸。"我说。

爸爸摇摇头:"没有意义。又没有证据,是不是?我们都是各说各的理。"

"可是,爸爸……"

爸爸把破破烂烂的篓子随手扔在我旁边的座位上。他挤出一丝笑容,转头看着安德森先生:"我们去吃午饭吧,好吗?"

他使劲把舵柄推过去,吊杆向舷外转,船帆啪的一声拉紧了。莫娜猛地往前冲去。

我看着海湾向后退去,消失在岸边一堆乱七八糟的大圆石中间。一个空可乐罐在一摊机油里上下漂动。我讨厌杰克·伊文思。他的一切都让我讨厌。我的眼泪热辣辣的,这一次我再也忍不住了。

我瞥了一眼爸爸,他注视着大海,眉间有一道深深的皱纹。他驾驶着莫娜在水上颠簸着。莫娜迎着海浪,嘎吱作响,我们上下左右地摇晃着,海浪一个接一个地打在我们的船上。

菲力克斯盯着他的脚,脸色变得更黄了。海浪重重地打在船上,撞击着他的后背。我想提醒爸爸,可是太迟了。菲力克斯往前一趔趄,他吐了,头也重重地撞在了甲板上。

"菲力克斯!"安德森先生喊道。

爸爸把莫娜转成逆风,将它的帆收起一些。

"卡拉,你来掌舵。"爸爸命令说,"一直保持逆风。"

我坐在船尾,看见安德森先生在用毛巾给菲力克斯擦脸。爸爸倒空了装饵料的桶,盛上海水,帮菲力克斯把呕吐物清洗干净。菲力克斯的脸色惨白,浑身颤抖,看起来好像又要吐了。安德森先生让菲力

73

克斯靠着他坐起来,从他的包里抽出一瓶水。爸爸从储物柜里拿出急救药箱,跪着清理菲力克斯脸上的一处划伤。

"我觉得我们应该回去了。"爸爸说。

安德森先生在海里冲洗了一下毛巾,然后把它拧干。"你说得对!"他把毛巾搭在旁边的座位上,"对不起,菲力克斯,你妈妈在这件事上是对的。今天我不应该让你来。"

菲力克斯无力地靠在座位上。"我没事。"他说,"咱们继续走吧。"

安德森先生蹲在他旁边:"你看起来不太好。我们还是回去吧。"

菲力克斯拿过瓶子喝了一大口水:"我说过了,我没事。"

安德森先生看看爸爸,耸了耸肩。

"如果你真觉得可以。"爸爸说,"我们就中途在海鸥岩停一下,然后再回去。"

菲力克斯点点头,双眼凝视着大海。

我看到一片被风吹皱的暗色水面正在逼向我们。莫娜的船帆在一阵疾风中飘动着。

"现在风没那么大了。"爸爸说,"咱们让莫娜张起满帆吧。"

我往前欠了欠身,和菲力克斯坐在一起,爸爸和安德森先生把卷折起来的船帆打开。"你用不着非得继续。你已经证明了你的观点。"我说。

菲力克斯又喝了一大口水,连看都没看我一眼。

爸爸一晃一晃地来到莫娜的船尾,轻轻推了我一下:"卡拉,到前面去坐吧。我觉得,菲力克斯可以试一试驾船。你想试试吗,菲力克斯?如果你能把注意力集中在别的事上,就不会再想晕船的事了。"

菲力克斯点点头。他看起来好些了,脸色没那么蜡黄了。

我和安德森先生一起坐在前面,可还是忍不住回头看爸爸和菲力克斯,心里不由得涌起一阵妒意。爸爸也这样教过我驾船,我和他一起坐在舵柄旁,他让我测试风速,感受船帆间吹过的风。菲力克斯没办法只用一只正常的手控制主帆和舵柄。这工作需要用两只手。我看着爸爸演示给他看,怎么调节主帆,什么时候拉进来,如果我们的船倾斜得太厉害,怎么卸掉风,减小帆的阻力。

莫娜划过水面,向海鸥岩方向驶去。我们的速度很快,行驶得很平稳。我和安德森先生要向船外倾斜着身子,好让莫娜保持平衡。我的两只手从沿着莫娜船舷两侧卷起的浪花中划过。头顶的船帆弯曲着,绷得紧紧的,就像鸟儿的翅膀。我们在水上疾驶,感觉都快要飞起来了。

我又回头看了看爸爸和菲力克斯,他俩的脸上都挂着开心的笑容。我心里的嫉妒感并没有消失。这次不是因为爸爸,而是因为菲力克斯。对于一个从来没有驾驶过船的人来说,他学得可真快。我不想承认,可是菲力克斯·安德森确实是个天生的驾船好手。

在海鸥岩附近,爸爸帮菲力克斯把莫娜驶入那个新月形的小海湾。这里风平浪静。海浪涌来,形成了顶部都是泡沫的旋涡。安德森先生抛下锚,爸爸降下了船帆。

菲力克斯的双眼炯炯有神,脸上又恢复了血色:"这可太酷了!"

爸爸咧嘴笑着坐下来:"菲力克斯,你这船驾驶得可真不赖。卡拉,你是不是也这么觉得?"

我耸耸肩说:"还行吧。"

安德森先生的脸上一直挂着笑容。他用拳头轻轻碰了一下菲力克斯的肩膀:"我跟你说过你会喜欢的。"

爸爸从储物柜里拽出野餐袋:"能像这样驾船,你都可以参加帆船比赛了。"

菲力克斯坐在那里,笑得嘴都快咧到耳朵根了。

"那是个什么样的比赛?"安德森先生问。

"每年夏天,八月份的最后一天会举办这个比赛。"爸爸说,"任何帆船都可以参加。从海港出发,绕过海鸥岩,然后再返回。"

我屈起双膝坐着。我不想让爸爸告诉他们这些。这是我们的船,是我们的比赛。我看着倾斜的鹅卵石海湾和海鸥岩陡峭的悬崖,觉得胸膛深处有个地方很疼。这是属于我们的特别的地方。然而,这可能是我们最后一次到这里来了。

"有人要馅儿饼吗?"爸爸问。

熟肉和洋葱的味道从船上飘了过来。

他拿起一块挤烂了的馅儿饼递给菲力克斯:"想吃吗?"

菲力克斯点点头:"我都快饿死了。"

爸爸把柠檬水倒进塑料杯,小心翼翼地放在木头座位上。

安德森先生咬了一大口馅儿饼,身子往后一倚,抬起两只脚放在座位上。他把帽子拉下来遮住眼睛,笑着说:"我得说,这是我这么多年来吃过的最好吃的一顿饭。"

我没动我的馅儿饼。我无法想象别人驾驶着莫娜参加帆船比赛。我想忘掉菲力克斯和他爸爸,也想忘掉杰克·伊文思。我只想逃走。

"爸爸,我能游会儿泳吗?"我问。

爸爸点点头,我把手伸进储物柜,去拿我的面罩和呼吸管。我脱下短裤和T恤,露出了穿在里面的泳衣。

安德森先生看着菲力克斯:"你也去吧,还能把自己洗干净点。"

菲力克斯的短裤上粘着结晶的海盐,还有一块块干了的呕吐物。他低头看了看,耸耸肩说:"好吧。"

我想一个人去游泳,不想让菲力克斯像个小尾巴一样跟着我。

"卡拉,可以吗?"安德森先生问。

"下面可能有强水流。"我说。

"你不就是游到礁石那边去吗?"爸爸说。

"菲力克斯是个游泳好手。"安德森先生说。

"水也很凉。"我说。

爸爸找到一个备用面罩:"给你,菲力克斯。今天你应该能看到很多东西,水非常清。"

我踩在莫娜的船舷上往下看。我的倒影映在泛起了涟漪的水面上。小时候,我常觉得水面是一面魔镜,是通往水下另一个世界的秘密入口。

我深吸一口气,跃入水中。

冰凉的海水浸湿了我的头发,划过我的皮肤。我转身抬头看着水面,莫娜那有些朦胧的船体仿佛是海豚眼中的景象。几缕阳光透过水面,照进深蓝色的海水中。我朝悬崖下方淹没在水中的礁石游去。像紫色宝石一样的海葵沿着礁石上的裂缝排列着。小小的银色玉筋鱼从一丛丛摇摆的海草间快速游过。我张开双臂,在这个水下世界的上方,在山脉、峡谷和大片绿色海藻草原的风景上方畅游。

我游上去换气的时候,菲力克斯就在我身后。我没想到他能游得这么快。事实上我根本没想过他会游泳。我把头发从眼前撩开,在他旁边踩着水。

菲力克斯掀开面罩的一角,把漏进去的水慢慢放出来。"我什么都看不见。"他说。他的面罩里起雾了,模糊不清。

"在里面吐口唾沫。"我说。

菲力克斯冲我皱起了眉头:"什么?"

"在里面吐口唾沫,面罩就不会起雾了。"

菲力克斯摘掉面罩,朝里面吐了口唾沫,用大拇指把唾沫搓开。他费劲地再一次把带子从头上拽过去。我差一点儿就要去帮他了,不过安德森先生和爸爸在看着,于是我就游开了,游向一个海底岩架,水底是细细的白沙。

菲力克斯跟上来了,我们肩并肩漂着,伸开双臂,都快碰到对方的手指尖了。我看着水下,仿佛来到了一个如梦似幻的地方:海底摇曳的海草和流动的沙子构成了一幅在不断变化的图案;一群小鱼组成的银色小河在海藻间穿梭,每一条小鱼都还没有我的大拇指长;水里还有别的东西在动,是我听说过但是从来没见过的一种生物。

现在,就是现在,它就在这里。

我在海藻间瞥见了一个带有斑马条纹的东西,然后它就匆匆不见了。

我用手肘轻轻碰了一下菲力克斯,又向上指了指。

他冲到了水面上,我也上去深吸了一口气。

我甩掉头发上的水。"你看见了吗?"我问。

菲力克斯掀起面罩问:"看见什么啊?"

"在下面的海藻里,你肯定看见了。"

"什么呀,卡拉?"

"隐形战士。"我说着忍不住咧嘴笑了,"第十级。"

第十四章

我在他旁边漂浮着往下看。我又看到它了,这一次是白沙上的一道一闪而过的黑影,不过它一直在变化。

菲力克斯又一次猛地冲出了水面,我也抬起头来。

"我在下面还是什么都看不到。"他说。

我把脸上的湿头发撩开,看着菲力克斯。"那是因为你看得不对。"我说,"我来指。你一直看着沙子就行。"

我潜下去,在浅色的沙地上来回搜索着,就只看到几丛海藻和一块螃蟹壳礁石。刚开始,我没找到它,因为它伪装得太巧妙了。接着,我看见它正在下面的沙子上看着我呢。它那马蹄形的黑色瞳孔出卖了它。它身上的斑纹和下面的沙地简直一模一样。我伸手去摸它,可它往上游去,甩开了我,然后停下来,一下子变成了鲜红色,看上去就像个带着长长触须的、红色的泄了气的小沙滩球。它的身体两侧各有一排飘动着的鳍,触须像剑一样,从身前伸了出来。

我冲到水面上去换气。

菲力克斯也换了口气:"那是什么?"

"乌贼。"我说。

菲力克斯皱起了眉头:"是老太太们拿来喂虎皮鹦鹉的那种东西吗?"

我翻了个白眼:"那是乌贼骨,是它身体里面的软骨。"

"我还想再看一眼。"菲力克斯说。

我们脸朝下在水面上漂浮着,身体顺着水流慢慢地旋转。我们就像是跳伞兵在遥望着水下遥远的世界。

那只红色的乌贼还在那里看着我们,我们也看着它。像这样被观察的感觉很奇怪。另外一只乌贼游进了我的视线,它是淡棕色的,后背上有一个完美的白色方形斑纹。我记得妈妈告诉过我,雄乌贼和雌乌贼会在春天和夏天交配,然后把卵产在海藻上。红色的乌贼又变色了,它的头和触须还是鲜红色,但是身体上出现了斑马一样的黑白条纹,条纹还在不断变化。棕色的乌贼也在变色,深色的环状条纹从它的身上扫过。

我看见身旁的菲力克斯吸了一口气,又潜了下来。他伸出一只手。就在他的手指快要碰到红色乌贼的触须时,两只乌贼突然往后一弹,只剩下他在一团缓缓升起的黑色墨汁中摸索了。菲力克斯又冲到上面透气去了。我一直在水下看着,等墨汁散开的时候,两只乌贼已经不见了。它们现在可能在任何地方,它们能完美地隐藏在浅色的沙子上或是深灰色的礁石上。

安德森先生把我们从水里拉上船。他把菲力克斯裹进一条很大的沙滩浴巾里,爸爸也用我的毯子把我裹住。

"你俩在水下看到什么了?"安德森先生说,"你们在那儿待了好长时间。"

"乌贼。"我说。

安德森先生转身看着菲力克斯:"乌贼?"

菲力克斯点点头。他的牙齿不停地打战:"它们简直太美了,爸爸。你应该去看看,只是别像我那样去摸它。"

"我觉得我们应该去看看。"爸爸提议道,"我还没亲眼见过呢。"

爸爸和安德森先生脱下T恤,戴上面罩和呼吸管跳进了水里。

我坐在背风的地方,咬了一口馅儿饼。菲力克斯也咬了一口他手里的馅儿饼,他凝视着大海,浑身沐浴在金色的阳光中。

"我以前从来没有见过那样的地方。"他说。

我看着他点点头。"可不止那一块地方。"我说,"它好大好大呢。那下面有一大片珊瑚礁,总有一天,我会全都看一遍。"我吃完馅儿饼,抖掉毯子上的饼渣。"妈妈说,等我十六岁的时候,就可以学习水肺潜水了。那时她会带我去看珊瑚礁,如果珊瑚礁还在的话。"

菲力克斯滑坐下来,坐在我身边,他靠着莫娜的弧形船身:"为什么会不在了呢？"

"禁捕令一周后就会解除。"我说，"沿岸的渔民都会来，在海床上拖着他们的金属耙子捕捞扇贝。他们挖出来的不仅仅是扇贝，所有你今天看见的那些东西，到时候都会被挖走，什么都不剩。"

菲力克斯把剩下的酥皮塞进嘴里，吮了吮手指。"那就阻止他们啊。"他说。

我盯着他："你说起来倒容易。我能做些什么呢？就这么坐在橡皮艇上，让他们的拖网渔船掉头回去吗？"

菲力克斯用毛巾擦着头发。"我不知道。"他说，"但是如果这件事对我这么重要，我不会不争取一下就放弃的。"

我扯着破烂的龙虾篓子上断了的柳条，看着菲力克斯："你不了解道奇·伊文思。没有谁能阻止他。没有。"

"他是什么人？"

"你看见的那个弄坏我家龙虾篓子的人。"我说，"就是他。"

"那他为什么跟你们过不去呢？"

我把那些断了的柳条丢进水里。我不知道菲力克斯对我和爸爸了解多少。"我妈妈申请实施了禁捕令，要对珊瑚礁做十年研究。"我在座位上坐直了身子，盯着海面，"可是她没能完成她的研究，经费也花光了，她根本没能展示最终的研究成果。所以禁捕令马上就要解除了。"

"这么说,道奇·伊文思对禁捕令很不满?"菲力克斯问。

我点点头:"他说妈妈是个伪环保主义者,她没有权力告诉他该怎么做。可是所有的当地渔民都支持她,特别是她发现了道奇·伊文思想把他的鱼当成钓来的野生鱼卖掉,并将此事公之于众,他们就更支持她了。"

"那有什么不一样呢?"菲力克斯问道。

"钓来的野生鱼更贵些,人们愿意为此付更多的钱,因为这种方法不会伤害海豚。每年有成百上千只海豚死在捕鱼网里。"

"所以,因为你妈妈发现他是个骗子,他就恨你们?"菲力克斯说。

"不光是因为这个。"我说,"道奇还有一个儿子,叫艾伦。在一次猛烈的暴风雨中,他从道奇的一艘拖网渔船上掉进海里淹死了,他当时只有十七岁。道奇认为是我妈妈的错。他说,如果他可以在离海岸更近的地方——在珊瑚礁附近捕鱼,那他的儿子今天还活得好好的。"

菲力克斯小声笑了:"我妈妈竟然觉得伦敦很危险!她以为我们搬到了一个安全的、静悄悄的小渔村。这下她肯定要大吃一惊了。"

第十五章

我们返航时,海上微风轻拂,爸爸让菲力克斯掌控着舵柄。午后的金色阳光铺满了整个海港。我低头盯着海水,希望能看到白海豚。有那么一两次,我似乎看到一个白色的东西从船头两侧的浪花中匆匆游过,在我们的尾流中扭动着身子。我希望是它,这也许预示着我们能留下莫娜。可是,我看到的只有掠过的云的倒影。

安德森太太正在海港护堤那里等我们,她两手不停地绞着围巾。我们从缺口处驶入深水停泊处的时候,她冲我们挥起了手。安德森先生也冲她挥着手,菲力克斯咧嘴笑着,竖起了大拇指。他的脸晒得发红,被风吹乱的头发上挂着一层盐。和今天早上出海的时候相比,他好像变了一个人。

海潮太低,我们无法把莫娜开到浮桥码头那边的泊位上,所以爸爸就把莫娜停在了拖网渔船和救生艇旁边。

"我们帮你放下船帆,把船上整理一下吧。"安德森先生说。

爸爸笑着说:"我们俩收拾就行了。你们快回家吧。我和卡拉要等着潮水涨上来,再把它停到泊位上去。"

安德森先生伸出手,使劲摇着爸爸的手说:"嗯,谢谢你,吉姆。太棒了。我们再联系。"

菲力克斯站起来,踩着莫娜一侧的船舷站稳。他爸爸扶他走下船,站在海港护堤上凿出的粗糙的台阶上。菲力克斯张开嘴,好像要说点什么,不过他什么都没说,转过身抓住生锈的扶手,抬起一只脚踏上了另一级台阶。我看见安德森先生把包搭在肩膀上,在菲力克斯身后朝台阶顶上爬去,安德森太太正站在那里焦虑不安地往下看。

我把莫娜收拾整齐,把甲板上的盐雾擦干净。爸爸帮我把那个破烂的龙虾篓子塞进一个空着的帆布包里。

他叹了口气:"反正我们也用不了多长时间了。"

我把撒在座位上的馅儿饼渣扫下来,倒进水里,小鱼们马上冲过来吃。"你觉得安德森先生会买下它吗?"我问。

"我们得等等。"爸爸说,"他要跟他妻子谈谈,再给我打电话。"

我们又等了一个小时,等着海潮涨上来。我帮忙把莫娜停到它的泊位上去,看着船桨划过平静的水面。

"今天这趟出海棒极了。"我说,"莫娜行驶得不错。"

爸爸微笑着说:"它从来不会让我们失望,是吧?"

我摇摇头,但我忍不住觉得,现在做的事恰恰会让它失望。

傍晚,我们穿过小镇,走回贝芙姑妈家。我们很累,也都晒黑了。

一进家门,我扑通一声瘫倒在沙发上。黛西正在看电视上的游戏竞赛节目,贝芙姑妈在给小宝宝织毛线袜。在电话铃响之前,我动都没动一下。我伸长耳朵,听爸爸在跟谁说话。

我听见爸爸说了再见,然后挂了电话。我不想知道,更不想听他要说的话。贝芙姑妈把毛线活儿放下,看着门口。

爸爸走进来,坐在我身边,用两只手理着自己的头发。

贝芙姑妈关小电视的声音。"怎么样?"她问道。

爸爸摇摇头,皱起了眉头:"安德森先生不想买莫娜。"

我坐起来问:"什么?"

贝芙姑妈眉头紧锁看着爸爸:"我说了,你应该把价格降低些。"

"不是那么回事。"爸爸说,"安德森先生当时看起来很感兴趣,不过他说什么要听菲力克斯的,还说'要做正确的事'。"

"他们要回伦敦去。"我说,"他们要做的就是这个。"

贝芙姑妈一把抓起毛线活儿。"希望你能找到另一个买主,吉姆。只有这样,你才能还清那些债务。"她摇摇头,又把电视声音调大了。

我忍不住咧嘴笑了。

也许我在船头两侧的波浪下面看到的就是白海豚。安德森先生改主意了。他不想买莫娜了。

莫娜还是我们的船。

至少现在还是我们的。

第十六章

放学后,我坐在卡特太太的办公室里,她看着我把胶带贴在那本被我撕坏的书上。有些书页随风飘到了海上,再也找不到了。

估计是沉到海里去了。

我合上书,把它推到桌子对面。"对不起。"我小声说。

卡特太太往前探了探身,把手肘支在桌子上:"卡拉,你知道今天我叫你爸爸来见我了吗?"我点点头。爸爸说,卡特太太因为我打破了杰克的鼻子所以要见他。

"你知道,尽管我很同情你的处境,可是我不能允许校园暴力存在,对吧?"

我又点了点头。

"我告诉你爸爸,如果再发生这种事,我们没有别的选择,只能把你开除。"

我有点儿想笑。这听起来几乎算不上是惩罚。

我以为,卡特太太会像在全校大会上讲话那样对我说教一番,可是她没有。她从座位上站起来,把书放回书架,然后回来坐在桌子边上。"卡拉,你知道。"她说,"你爱的人是不会离开你的,永远不会。他们的一部分会在你的内心深处永远和你在一起。"

我点点头,在座位上挪动了一下。我突然觉得一阵烦躁。我不想听到这些。我只想走。

"你现在可以回家了。"卡特太太微笑着对我说,"卡拉,很高兴今天能和你聊一聊。"

我差不多是跑着离开了她的办公室,然后从储物柜里拿出外套。大家都在儿童乐园里玩,我不想从前门出去,尤其不想让杰克和伊森看见我。

也不仅仅是因为这些。我想给自己一个理由回小海湾去,我想再去找海豚。起码还有一个小时,也许我还有时间去看看莫娜。我真不敢相信它还是我们的。菲力克斯今天没来上学,我觉得自己猜对了,他最终还是要回伦敦了。我很高兴他爸爸不买莫娜,可是,我又有点儿希望今天能在学校见到他,因为在水下看到乌贼和珊瑚礁的时候,他好像也很在乎它们。

学校门口有一条小路蜿蜒通往山上,树枝在柏油路面上投下了斑马条纹一般的深色阴影。我爬上梯磴,沿着麦地里的小路跑到悬崖边。天气晴朗,天空蔚蓝,一阵微风带来了悬崖顶部灌木丛里金雀花的香气。一只海鸥在半空中调整着翅膀的角度,迎着从海上吹来的上升气流。

我穿过金雀花丛往下看,海湾里的海水在阳光下闪闪发光。不过,我看到有东西在水里移动。一只蓝灰色的海豚在浅水中扭动翻转着。我能听见它在叫,发出高分贝的哨音。它在冲向岸边的海浪中往前猛冲,想把自己冲到沙滩上去。我不敢相信它真在这里,好像它在等的就是我。

我爬下悬崖,离地面不到一米的时候,我跳了下去,跳到退潮后露出的一小块沙滩上。我从一块块大圆石组成的迷宫中间跑过,这里的沙子又软又湿。水洼和浅色的大圆石反射着耀眼的白光。我没停下来。一群海鸥飞到空中,一只乌鸦呱呱叫着从浅水海浪中的一块大圆石上跳下来,另一只乌鸦则拍打着翅膀从这块浅色石头上飞走了,它的翅尖差一点儿扫到我的头。

就在这时,我才看清它。

尽管"大圆石"上缠满了海草,可是它太光滑、太白净了,这根本就不是块石头。

它分明就是一只海豚!

一只搁浅在岸上的白色海豚。海浪在它身旁打转。沙滩又湿又硬。泡沫形成的潮线和海草环绕着它的尾鳍。潮水已经转向了,正在往大海的方向退去。水里的另一只海豚又一次朝岸上冲过来。

我可真蠢,以为它在等我。它根本不是在等我。它是想到它的孩子身边来，而它的孩子就在旁边的沙滩上。

我从来没有这么近距离地观察过海豚。我在远处看过，也在书上见过，但还从没有像这样待在一只海豚旁边。这只白海豚肯定很小，不过我看得出来它不是刚出生的海豚宝宝，可能是去年出生的小海豚。我的眼睛顺着它后背的曲线、背鳍，一直看到它的尾鳍。其实它根本不是白色的，它的身体是浅粉色的，鳍和尾巴带点蓝色，后背上还有一道很深的、带着血污的划伤。它的气孔露出了水面，可是我听不到，也看不到它呼吸。

我往它身边走了一步。它的一只眼睛半张着，眼皮很干，上面结着盐霜。它的眼神看起来很呆滞，毫无生气，眼珠就像磨砂玻璃一样。它既不眨眼，也不动。

几缕浓密的海草缠着它的下颚。我凑近一看，才发现那根本不是海草，而是细网眼的捕鱼网。细细的尼龙网缠得很结实，已经深深勒进了海豚嘴角弧线后面的皮肤里。它的舌头青紫、肿胀。几根断裂的尼龙线缠在它像钉子一样的牙齿上。几只苍蝇从它的伤口处嗡嗡飞起来，我看到它的下颌周围有被乌鸦啄过的痕迹。

我跪在地上，心里升起一团怒火。我知道它是怎么变成这个样子的。我好像能看到它在渔网里使劲扭动着想要逃走的情景。

我闭上眼睛，想把这些念头赶走，可是这个画面却一直出现在我的脑海里。

我往脸上撩了点水,睁开眼睛。

太阳明晃晃地挂在空中。一道汗水顺着我的后背流了下来。

我不想待在这里了。

我站起来准备离开。可是在走之前,我想摸摸这只海豚。

我浸湿手指,沿着它脸上的弧度抚摸着。

第十七章

"扑通——"

我往后一仰跌进了水里。

我能感觉到空气中有一股潮湿的呼吸的气息。

是海豚!它吸了一口气,气孔发出口哨儿一样的声音,然后,又一下子闭上了气孔。它的呼吸中带着一股鱼腥味。

现在,海豚的那只眼睛睁得大大的,它在看着我!

我用手拍打着水。"你还活着。"我大声叫道,"你还活着!"

海豚的尾鳍拍打着浅浅的海水。

我爬起来,跪在它身边,把脸靠近它的脸。我看着它那只小小的淡粉色的眼睛。它眨眨眼,也看着我,好像在琢磨我是谁,我要干吗。

可是我的大脑一片空白。这么多年来,我一直梦想着自己能解救一只海豚,可是现在我却不知道该怎么做。我把双手放在它身体的一侧,想把它推回海里去,可它太沉了。突然,它又喷出一股气。我不知道这么做是不是伤到了它。我伸出手,又一次抚摸着它的脸。它的皮肤又干又硬,就像被太阳晒干的橡胶。我想起来,我得给它遮阳,让它的皮肤保持湿润。妈妈教给我的关于救援海豚的知识,现在我都回想起来了。我知道它在海滩上曝晒会缺水。我跳起来,跑过海滩,从石头上扯下一大抱湿海草。我把这些湿海草小心翼翼地铺在它身上,注意露出它的气孔。

我在它的鳍下面挖了好几个坑,以减轻对它体内骨骼的压力。小沙虱在挖出的沙堆旁蹦跳着。我撩开眼前的头发,看见海豚还在看着我。

我强迫自己查看它嘴里的伤口。渔网深深地勒进了它的皮肤里。我试着轻拽绿色的渔网,把缠在它牙齿上的网子解开。一滴滴鲜血滴落到潮湿的沙子上。我拽渔网的时候,海豚拍打着尾巴往后躲闪着。它的舌头已经肿得不像样了,嘴巴青肿,血肉模糊。它这个样子是没办法捕鱼的。就算我陪它一起等着潮水涨上来,它最终回到大海,我觉得它也没法儿活下来。

我用双手捧起水,试图让水流清洗它的伤口。除此之外,我不知道该怎么办。

海豚妈妈已经随着潮水退回海里去了,它离得太远了,我连它的叫声都听不到了。小海豚闭上了眼睛。我想听到它的呼吸。我在心里数着秒,可是它没有再次呼吸。我不知道它还能撑多久。

"醒醒。"我喊道。我用手指轻轻敲着它的身体。它从气孔里喷出一股气,又睁开眼睛看着我。

我不想让它死。

我把外套浸在海水里,攥出水洒在它的后背上。我一直在和它说话。我告诉它,它还能和它妈妈一起在海里游泳。

我把它眼睛和嘴巴周围的沙子擦干净的时候,它在认真地看着我。看着那小小的淡粉色的眼睛,我有一种奇怪的感觉:我正看着自己。我想知道,它是不是在我的眼睛里也看到了它自己的影子。

不管怎么说,我要让它活着。

我知道,我必须找人帮忙,可是我不能把它独自丢在这里。

乌鸦在悬崖上呱呱叫着。

我用头抵着小海豚的头,闭上了眼睛。我不知道该怎么办。

我真的不知道该怎么办。

"卡拉!"

我抬起头,惊慌中,我往后一仰,躺在了湿沙子上。

有人正蹚过浅水海浪,脚步蹒跚地朝我走过来,他身上穿着潜水服和荧光救生衣。

我真不敢相信。

他背对着阳光,我只看到一个黑色的轮廓,可我知道他是谁。

"你怎么到这里来了?"我问。

第十八章

菲力克斯在浅水中停下脚步,抬头盯着我身后陡峭的悬崖。"我正想问你同样的问题。"他说,"我跟爸爸说,沙滩上的人就是你。"

我看见在菲力克斯身后,安德森先生跳下停靠在小海湾里的一艘小游艇,正向这边游过来。

菲力克斯跪在海豚旁边,问:"这是怎么了?"

我跪在他旁边,回答说:"它被渔网缠住了。"

"它还活着吗?"

我点点头:"勉强算活着吧。"

我听见安德森先生的脚踩在我们身后的沙地上。他在小海豚旁边蹲下。"水里还有一只海豚,它都快急疯了。"他说,"它差点儿用尾巴绊住我的腿。我猜这肯定是它的孩子。"

"我们得找人帮忙。"我说,"海洋生物救援队能帮上忙。"

安德森先生从绑在腰上的防水袋里掏出手机。他按着键,皱起了眉头:"没有信号。肯定是因为这些悬崖。"

"我们不能把它推到水里去吗?"菲力克斯问。

我摇摇头:"反正它也需要个兽医给它看看。"

安德森先生站起身,朝张帆小游艇那边看了看:"听着,我开船回去找人来帮忙。你们两个和海豚待在这里。"

"去杂货店找卡尔。"我说,"我记得他在那里做兼职。"

我目送安德森先生爬进小艇,驾驶着它划出了狭小的海湾。和帆船俱乐部的那种张帆小艇不一样,安德森先生深陷在小艇中央,就像赛车手坐在赛车里,而不是坐在船尾的舵柄旁。

我从海豚身体周围的沟里捧起一些水,洒在帮它防晒的海草上:"我以为你们要回伦敦了。"

菲力克斯皱起眉头问:"你为什么会这么想?"

"你今天没去上学,还有,你爸爸不想买莫娜了。他说他要听听你的想法。"

菲力克斯帮忙捧了更多的水,他还用湿手抚摸着海豚。"爸爸确实听我的了。"他说,"昨天的航行是我做过最酷的事,可是我一个人驾驶不了莫娜那样的船。记得吗,我喜欢做那个能掌控局面的人。"

"所以呢?"我问。

菲力克斯坐在沙子上向后一仰,咧嘴笑了:"所以,我爸爸就跟一个通过脑瘫慈善协会认识的人借了一艘张帆小艇。他们今天带过来的时候,我简直不敢相信这是真的。我今天没去学校就是因为这个。

我和爸爸决定在海湾里试航一下。这种船是为残奥会设计的,座位在下面的驾驶舱里,我可以只用一只手,通过控制中央操纵杆来控制船帆和舵柄。"

"这么说,你真要学习驾船航行了?"我问。

菲力克斯咧嘴笑着说:"可不仅仅是学。我要在五周后举行的环海鸥岩的帆船比赛中获胜。"

我冲他弹水:"你只能得第二名。今年莫娜会赢,它年年赢。"

菲力克斯冲我弹着水大笑起来:"如果我是你,我可不会这么自信。"

我们听见了救生船的声音,紧接着看见橙色的刚性充气船画着窄窄的弧线驶进了小海湾,海豚妈妈在船首两侧的浪花中呈弧形前进。爸爸、安德森先生和两个海洋生物救援队的志愿者一起坐在船上。我认出其中一个是卡尔,他是妈妈去年教过的海洋生物专业的学生;另一个是格雷格,当地的捕蟹工,他也潜水捞扇贝。

卡尔关掉发动机,放下浅水锚,从船上跳下来,踩着阳光下亮晶晶的沙子朝我们跑来。从我们在海上给妈妈放蜡烛的那个晚上以后,我再也没有见过他。他以前经常给我做超级棒的美人鱼和海怪沙雕。

我把他拽过来。"卡尔,你必须得救救它。"我说。

卡尔跪在海豚旁边,从它的头上拽下一些海草,轻柔地吹着口哨儿:"它是只得了白化病的海豚。我以前从没见过这样的海豚。"

"它伤得很重。"我说,"它需要兽医。"

"我们已经给兽医打过电话了,可是她这会儿出急诊去了。"他用一支袖珍手电筒照了照它的嘴里,"你说得对!它伤得很厉害。"

"兽医要多久才能到?"我觉得,海豚在这里撑不了太久。

"她说,她一上路就会用步话机通知我们。"他回答道。

安德森先生、格雷格,还有爸爸也来到了我们旁边。

爸爸蹲在我身边:"安德森先生告诉我你在这里。你知道,你不应该一个人到这里来。"

"爸爸,对不起。"我说,"可是,如果我没来……"

爸爸叹了口气,摇了摇头:"你不能就这么到处乱跑。我得知道你在哪儿。"

"我会的,爸爸,下次……"

"拿着这个。"卡尔把皮尺的一端递给我,"卡拉,你站在海豚头那边。不要让它的尾巴扫到你。"

我们从海豚的尖嘴量到尾鳍。卡尔把手伸进黑包里拿写字夹板和钢笔。"一百六十厘米。"他说,"它的年龄不会超过一岁,可能还在吃妈妈的奶呢。"

菲力克斯指了指水里:"它妈妈就在那边,在等它呢。"

卡尔点点头,一边在写字夹板上记录着一边说:"我们过来的时候看见它了。"

格雷格也蹲下来查看小海豚,他用一只手按了按它的肋部。他把手拿开,海豚的皮肤上留下了凹下去的手掌印。他摇摇头说:"不是个好兆头。它已经严重脱水了。"

卡尔看了看手表:"它的呼吸频率也加快了,达到了一分钟十次。正常情况下应该是一分钟四五次。"他跪坐着,揉搓着下巴。

我将水洒在白海豚的脸上。它眨眨眼睛,看着我。

"卡尔,我们该怎么办?"

卡尔用两只手理着头发:"我们先用胃管给它补充点液体吧。"

格雷格点点头:"这样能让它感觉好些。不过我觉得,兽医也没什么办法。"

我感觉我的嘴发干:"你说兽医也没什么办法是什么意思?"

卡尔看看格雷格,又看看我,温和地对我说:"它伤得很厉害,卡拉。像这样它是无法捕鱼的,我都怀疑它还能不能吃妈妈的奶。如果我们让它回到海里去,它会死的。"

他把手伸进包里,拽出一根透明的长管子。

"你的意思是,兽医会弄死它?"我问。

卡尔抬起眼,点点头说:"卡拉,对不起。我觉得,她没别的选择。"

我站起来,倒退了几步:"可是,它妈妈在等它。"

爸爸用双臂环抱住我:"我知道这很难接受,可是,卡尔是对的。

把它放回海里去很残忍。"

我推开爸爸的手,怒视着卡尔。

卡尔蹲在小海豚的头旁边,抬头看着我:"卡拉,你做得很好。你和菲力克斯,你们俩每件事都做得很对。"

我没好气儿地说:"那也没什么用。"

"对它来说,是有用的。"他说,"因为你们,它少受了很多罪。"我看见卡尔把胃管放在海豚身体的一侧比量了一下,然后把管子轻轻塞进了它的嘴里。

胃管从它肿胀的舌头上面塞过去的时候,海豚来回甩着头。

"你弄疼它了。"我大声说。

卡尔没说话,眼睛也没离开海豚,直到管子插到合适的位置。他站起身,把装着液体的袋子抬高。我看见液体流入它的身体,袋子里的液体在减少。我就这么站着,目不转睛地看着它。我不敢相信事情会到这种地步,他们居然没有别的办法。

卡尔瞥了一眼格雷格:"你还是把他们这些人带回海港去吧。等兽医到了,你还可以在那里接她。"

"我不走。"我说。

菲力克斯往后一坐,两只手深深插进沙子里:"我也要留下。"

卡尔用头抵着那袋液体:"你们不会想留下的。"

"快走吧,卡拉。"爸爸说着抓起我的胳膊,"我觉得这样对大家都好。"

"还有你,菲力克斯。"安德森先生说,"你已经尽力了。"

我挣脱爸爸的手,跪在小海豚旁边,抚摸着它的头。它那么认真地看着我,我不禁觉得,它想让我们帮它。我知道它不想死。

我抬头看着卡尔:"我们肯定可以做点什么。"

菲力克斯也在它旁边跪下来:"我们为什么不能把它送到救助中心去,在它好起来之前,他们可以照顾它。"

"我们这里没有海洋生物救助中心。"卡尔说,"就算有,他们也可能不会接受它,因为野生动物可能会把携带的疾病传染给人工喂养的动物。"

"游泳池呢?"菲力克斯说,"或者是那种可以买到的小型充气泳池?"

我点点头:"菲力克斯说得没错。应该有像那样的地方。"

卡尔把液体袋放低了些,然后叹了口气说:"听着,孩子们,这没用。就算我们能用谁家的游泳池,那对海豚也不合适。首先,游泳池是用塑料做的,里面是淡水,不是海水。需要换水,水还要过滤,去掉杂质。还是算了吧。这里没有海水游泳池。我们没有这种地方。"

我跳了起来。"可是,我们有这种地方,卡尔。"我差不多是喊出了这句话,"我们有和海水游泳池完全一样的地方。"

第十九章

"蓝色水池?"卡尔说。

我点点头:"你知道,就是海岬那边的潮汐水池,那里非常合适。每天涨潮海水都会淹没它两次,也就等于清洗了它两次。"

"我不知道。"卡尔说,"我的意思是,如果变天的话,那边的浪会很大。我们不能让救援的人拿他们的生命冒险。"

我抬头看了看蔚蓝的天空。"天气预报说,本周天气都会很好。"我说,"求求你了,卡尔,我们必须碰碰运气。"

卡尔看看格雷格,格雷格耸了耸肩。

"我觉得,好像值得一试。"安德森先生说。

"我们必须得试一试。"菲力克斯说。

卡尔叹了口气。他从海豚身体里轻轻地拔出胃管,胃管上沾满了血和黏液。"我用无线电和兽医联系一下,听听她的意见。"他说。

我目送卡尔走过斜坡海滩,走向救生船。我捧起干沙子,让沙子从我的指缝间流下来。卡尔在冲着无线电讲话。我想从他的脸上看出点什么,可我只能看到他在点头、皱眉。菲力克斯交叉着手指①,举起来给我看。我笑了,不过我觉得没有多少希望。卡尔朝我们走过来,脸色凝重而严肃。

我跳起来,掸掉衣服上的沙子:"她怎么说?"

卡尔摇摇头:"兽医觉得,移动海豚所带来的压力可能太大了。"

"这是它唯一的机会。"菲力克斯脱口而出。

"我知道。"卡尔说,"兽医起码得过一个小时才能到。考虑到它的伤势,兽医觉得,也许你们的计划值得一试,把海豚弄到潮汐水池去,她可以在那里给它做检查。"

"谢谢你,卡尔。"我咧嘴笑着说,"我知道它会好起来的。"

卡尔摇摇头:"它病得很厉害。你别抱太大希望。"

卡尔从救生船上拿来一块防水布,我帮忙把防水布的边沿塞在海豚身体的一侧下。

"咱们把它滚到上面去的时候,"卡尔指导说,"要注意它的尾巴,还要离它的气孔远一些。它的呼吸中可能带有某些可怕的致病菌。"

我们排成一排,把手放在海豚的背上。"现在这一步很冒险。"卡尔说,"它的肺部被自身的体重挤压着,它可能会呼吸困难。"

以卡尔点头作为信号,我们一起推着它往一侧倾斜。格雷格把防

---

①交叉手指代表祈求好运。

水布塞到它身下,我们从另一侧把它推回来,然后把它身下的布拽平整。海豚用尾巴拍打着沙子。补充液体之后,它看起来有些力气了,鳍和尾巴微微露出了粉色。格雷格把防水布上的沙子扫干净,卡尔在它的气孔周围涂了凡士林,又在它身上涂上一些防晒霜。

海豚比我想的要重多了,我们好不容易才把它弄到了船里。它占了船上大部分地方,我们不得不坐在船沿上。我穿上一件备用救生衣,紧抓着船沿,卡尔发动引擎,把船驶出小海湾,驶入了风浪中。

海豚妈妈紧紧跟随着我们,近得都快靠在船上了,它把头抬出水面,冲小海豚发出哨音和咔嗒咔嗒的声音,还使劲拍打着尾巴。我想知道它在跟小海豚说些什么,它是不是明白我们想干什么。

"它也受伤了。"我说。

卡尔把手放在眼睛上遮挡住阳光。海豚妈妈的背鳍底部有一个V形伤口,从伤口的边缘看是新伤,上面还有血迹。"我觉得,伤口没有看起来那么严重。"他说,"那是表皮伤,应该能很快愈合。"

我们驶入海港护堤,他让船慢下来。"我不能用船带它去蓝色水池。"他说,"退潮的时候,礁石太多了。我们得把它从陆地上弄过去。"

海豚妈妈跟着我们,它的背鳍在水中划过,就像是拴在我们后面的牵引绳上似的。尽管空气里有汽油味,尽管海港里有柴油船,还有舷外发动机的轰鸣声,而且发动机的声音肯定会在水下产生回声,海豚妈妈还是紧紧地跟着我们。

潮水很低，我感觉船底似乎擦到了泥巴和石头上。卡尔在水泥滑道的底部停下船，水泥滑道上长满了藤壶，还有绿色的水草和藻类。

"我去开我的皮卡车。"格雷格说，"咱们开车带它去蓝色水池。"

卡尔点点头。他拧着一块湿布，让水流过小海豚的后背。海豚妈妈浮出水面，喷出了一股气流。小海豚学它的样子，它们发出噗噗声互相应和着，让对方知道它们还在这里。

"它怎么知道我们要把它的孩子带到哪儿去呢？"我问卡尔。

他耸耸肩："所以这可能不是个好主意。它可能没办法承受分开的痛苦。"我看见格雷格的卡车正从滑道上倒下来。另外两个海洋生物救援队的志愿者慢跑着跟在旁边。格雷格砰的一声关上车门，把皮卡车的后挡板打开。"兽医在潮汐水池那里等着我们呢。"他说，"那里还有另外几个志愿者。"

"好。"卡尔点点头，"咱们把它带过去吧。"

卡尔帮菲力克斯从船上下来，我和菲力克斯一起走上滑道。我们往后站了站，让志愿者们把小海豚抬进卡车里。

卡尔转身看着爸爸和安德森先生，然后冲我们这边点点头。"我觉得，你们该带孩子们回家了。"他说，"他俩都需要暖暖身子，再换身干衣服。"

"我很好。"我把手塞在胳肢窝里取暖，也是为了把我冻得发青的手指藏起来。我的脚也冻麻了。

"我也没事。"菲力克斯说。

安德森先生伸出一只胳膊搂着菲力克斯:"你看看你。你在发抖,浑身冰凉。"

我把一只脚放在拖车杆上。我想爬到小海豚身边,和它一起去潮汐水池。"我要和你们一起去,卡尔。"我说。

卡尔伸手拦住了我。"这次不行。"他说,"兽医需要时间给它诊断,然后做决定。"

"我必须去。"

卡尔爬到小海豚旁边:"今天晚上,我会给你爸爸打电话,让你知道情况怎么样。"格雷格加大油门,小海豚使劲摆动着尾巴,从气孔里喷出了一股气流。

我紧紧抓住后挡板:"卡尔,别让它死掉。请别让兽医弄死它。"

卡尔低头看了看,然后摇摇头:"卡拉,我说了不算。"

我把手放在小海豚的脸上,看着它的眼睛。可是它的视线越过我,看向它的妈妈,看向海港护堤外那蓝色弯曲的遥远的地平线。

卡尔拽着我的手说:"卡拉,放手。"

我抬起手,目送卡车驶上滑道,消失在海港路上的车流中。

我讨厌这样。我讨厌他们就这样把小海豚从它妈妈身边带走。不知怎么,我感觉自己好像背叛了它。

这比让它回到大海里去碰运气还要糟糕。

第二十章

黛西在小圆面包上涂了一层厚厚的果酱:"咱们要去看海豚吗?"

我把手指放在嘴唇上示意黛西安静,贝芙姑妈正在泡茶。"咱们现在就去。"我小声说,"上学之前去。"

黛西点点头,狼吞虎咽地吃完了面包。

昨天晚上,我把海豚的事都告诉了她,她坐在那里瞪大了眼睛。我告诉她菲力克斯也在那里帮忙的时候,她板起了脸。我告诉她,其实他人不错,那天我们在咖啡馆见到他的时候,他在生气。不过,我说什么都不重要,黛西已经认定他是个什么样的人了。

我把书包背在肩上,站在门口等着黛西。

贝芙姑妈眯缝着眼睛看着我:"你今天走得挺早啊,该不是想去看那只海豚吧?"

我耸耸肩说:"什么海豚?"

贝芙姑妈抱起胳膊:"就是你们俩上床睡觉以后,吉姆在电话里说到的那只。"

"他说什么了?"

"我不知道。"贝芙姑妈说,"我没听全。"

"我只想知道它是不是没事。"我说。

"你俩都要直接去上学。你惹的麻烦已经够多的了,我不想让黛西也惹上麻烦。"她抓过手包和家门钥匙,"其实呢,我今天要亲自陪你们去学校。"

和她争论没什么用。爸爸上早班,我也没法儿问他。

去学校的路上,我想看一眼海岬,可是潮汐水池藏在悬崖下面,根本看不到。格雷格的皮卡车停在海岬停车场,所以,我就只能希望这表示格雷格和卡尔在那里,海豚还活着。

一整天,我做什么事都没办法集中注意力。菲力克斯已经转到数学和英语的高级班去了,所以我只在课间才有机会和他见一面。

他正在小卖部和我们年级的两个女孩说话,不过一看见我就和她们分开了。我和他,坐在操场上的一个木凳上。"海豚怎么样了?"我问他。

菲力克斯笨手笨脚地对付着一块巧克力的包装纸,用牙撕着包装纸的一角。"卡尔打电话说,它还活着。"他说,"他们需要志愿者帮它待在筏子上,直到它能自己在水里保持平衡。爸爸中午来接我之前要先去值两个小时的班。"

"我可以放学后去找你。"我说,"卡尔也许能让咱们帮帮忙。"

"太好了,那就太酷了。"菲力克斯说着掰开巧克力,给了我一些,"在我原来的那所学校,吃巧克力是会被开除的。"

我往嘴里塞了两小块巧克力:"不可能吧?"

菲力克斯咧嘴笑着说:"不准带巧克力,点心只准吃谷物棒和胡萝卜条。"他把剩下的巧克力塞进嘴里,边嚼边说:"我觉得,我会慢慢喜欢上这里。"

午饭后,我看着讲桌上方的钟表,指针在一圈一圈慢腾腾地转。菲力克斯这会儿应该已经在蓝色水池了,这真让我羡慕。放学铃声响了,我第一个冲出了校门。我要去看海豚,我早就等不及了。

"快点。"我接上黛西,把她的书包背在我肩上,"咱们快跑吧。"

海岬停车场上停满了车,海岸边的小路上也站了好多人。我猜,关于这只海豚的新闻已经传开了。我挤过人群来到通向下面水池的石头台阶前,可是小路被一条黄色警戒带拦住了。一位女警察伸出一只胳膊,挡着不让我过去。

"谁都不许过来。"她说,"抱歉。"

我扫了一眼下面的礁石。水池上方突出的石板上支着两顶圆帐篷,我能看见里面堆着帆布背包和睡袋。几根杆子撑起一块白色的布,罩在水池上方,为海豚遮挡着太阳,它就躺在一个充气筏子上。一个女人蹲在一个小燃气炉旁边,拿着水壶往两个杯子里倒热水。几条毛巾和几件潜水服摊开晾在她身后的礁石上。

"我必须到下面去。"我说。

女警察摇摇头,微笑着说:"恐怕我不能让你过去。"

"卡尔!"我大声叫道,"卡尔,是我。"

她想轻轻地把我推回去,不过我看见卡尔从白色遮阳布的下面露出头来了。

他和水池里的人说了句什么,然后朝我走来,在浅色的岩石上留下了深色的湿脚印。他从黄色警戒带下面钻过来,拉着我和黛西离开了人群。

我的话脱口而出:"它还好吗?"

"眼下它算是挺过去了。"他说,"可是它还不能游泳。趴在沙地上的那段时间让它的肌肉受伤了。"

"我们为什么不能看看它?"黛西问。

卡尔回头看看人群:"兽医说,海豚可能会传染给人某些疾病。不过,这也是为了保护海豚。我们的志愿者在这里宿营、轮班,我们不想让很多人去摸它。它需要安静。"

"不过,我们可以看看它,是不是?"我问,"是我发现的它。我们可以帮忙照顾它。"

卡尔摇摇头,叹了口气。他用手指理着自己的头发:"卡拉,我不知道该怎么跟你说这件事,不过,不是个好消息。"

我的双手冰冷。黛西紧紧抓着我的胳膊。"什么?"我问。

"兽医听取了专家的意见。就算我们能让它好起来,没有其他海豚,它在野外也没办法生存。它太小了。"

我指了指海港那边。"可是,它妈妈在等它。"我说。

卡尔皱起了眉头:"我们已经有好几个小时没见到它了。它可能已经被来来往往的船吓走了。"

"不过,它会回来的。"我说,"是吧?"

卡尔耸耸肩说:"它最后一次看见它的孩子是在海港里,它甚至都不知道它的孩子在这里。"

"卡尔,我们现在不能放弃。我们可以去找它。"

卡尔把潜水手套摘下来,揉了揉眼睛。他的下巴上都是细胡楂,看起来很疲惫。我猜他整晚都没睡觉。"菲力克斯和他爸爸现在正在海港里开着船找它呢。"他说,"可是,它可能在几公里之外,甚至可能已经回到海豚群里去了。"

我站起来,用脚踢着地面:"那么,我们给海豚妈妈多长时间等它回来呢?一个星期?两个星期?一年?"

卡尔咬着牙,轻呼一口气:"明天。兽医说,我们就等它到明天。"

"明天?"我大声喊道,"你们不能这样。它会回来的,我知道它会。"有人朝我们这边扭过头来,不过我不在乎。

卡尔弓下身,压低声音说:"如果我们不能把它的孩子放归大海,让它受这些罪就不公平。卡拉,我说了不算。很多搁浅的鲸和海豚都会死亡,这让人很难接受,可事情就是这个样子。"

我盯着他:"起码得让我去看看小海豚。"

"卡拉,我不能让你去。"他说,"对不起,真的不行。"

他捏了捏我的肩膀,不过我挣开了。我发疯似的跑过停车场,瘫坐在一堵石头墙后面,不想让别人看见我。

黛西滑坐下来,用两只胳膊搂着我:"你准备怎么办?"

我用手捂着眼睛,摇摇头。"我不知道,黛西。"我说,"我真的不知道。"我坐在那里,觉得很无助。我确实什么都做不了。

我看到一只寒鸦在我们旁边神气活现地跳上跳下,它那像小珠子一样闪闪发亮的蓝色眼睛正盯着我脚边的一块面包皮。我捡起面包皮,用食指和大拇指把它团成一个小球。"我真希望妈妈在这儿。"我说,"她会告诉我该怎么办。"

寒鸦往前跳了跳。它的头转来转去,一直在看着我。

我把面包球放在掌心里,伸出手。

我想知道,它是否信任我。

黛西把她的手放在我的手上:"也许有个办法能让你问问她。"

我转头看着黛西,点点头。

我心里的想法和她的一样。

第二十一章

我和黛西沿海滨往前跑,手里拿着妈妈留下的唯一一件东西。我只有这一件。她从来不保留东西,甚至连结婚戒指都没有。她只有潜水装备和相机,连电脑都是属于研究中心的。

我知道时间不多了。贝芙姑妈给了钱,让我买炸鱼薯条当晚饭,半个小时后她就该等我们回家了。我让黛西在店里排队。队排得很长,这能帮我争取点时间。我转弯往上走,经过杂货店,慢跑着爬上小镇另一边那个陡峭的山坡,一直走到一排俯视着海面的白色小房子旁。潘露娜小姐的家就在这排房子的尽头。

在房子前面一丛乱糟糟的杂草当中,一个装满种子的喂鸟器孤零零地立在那里。从这个喂鸟器才能看出,竟然有人住在这里。

我站在门口,心怦怦直跳。我能感觉到心跳震动着我的全身,甚至撞击着我手里的东西。我张开手,低头盯着那个海豚形状的蓝色小存储卡。那是妈妈参加一场海洋生物会议带回来的,我一直想要。在她离开之前,我从她房间里拿走了它,只因为我喜欢它。我没告诉妈妈,现在我对这件事仍然感到很内疚。妈妈失踪以后,我把它穿在了一条贝壳项链上,挂在我找到的那个纯白色的玛瑙贝壳下面。另一种贝壳是马蹄螺贝壳,紫色的条纹已经磨没了,露出了珍珠般的光泽,在每个马蹄螺贝壳之间夹着一个金黄色的玉黍螺贝壳。

我抬起手,敲了敲门。

有什么东西在门的另一侧抓挠了几下,然后就什么声音都没有了。我又敲了敲门。也许潘露娜小姐出去喂海鸥了。

我轻轻地转了转门把手。咔啦一声,门朝里打开了,阳光刺破黑暗,照在屋里的石板地面上。

"有人吗?"我喊了一声。

屋里什么声音都没有。我往里走了一步,差点儿喘不过气来。一股刺鼻的恶臭冲进我的鼻子和嘴巴,刺痛了我的眼睛。在鸟类繁殖期,海鸥岩悬崖上全都是鸟的时候闻起来就是这股味道。

"关上门!"

忽然有什么东西飞过来,羽毛划过我的脸,门砰的一声关上了。昏暗中,我看见瘦小的潘露娜小姐站在我面前。

"你不能带它走。"她说,"它还没好呢。"

"带谁走?"我问。

她打量我一番:"你是理事会的人吗?"

"我是卡拉。我们在海滩上见过的。"

我听见有爪子抓挠地板的声音,转头看见一只寒鸦朝另一扇门跳过去。

"你不能待在这里。"潘露娜小姐说,她摇摇头,用拐杖指了指门,"你得走了。"

"我需要您的帮助。"我说。

"走吧。"她打开门,想把我赶出去。

"求您了。"我说,"我需要您帮帮我。"

她一动不动地站在那里,拐杖的一头儿顶着我的胸脯。

"我有一个问题要问您。"

潘露娜小姐往门外扫了一眼,用瘦骨嶙峋的手抓住我的胳膊,然后关上了房门。"你不能待太久。"她说。

我跟着她走进厨房,地板上到处都是报纸和空瓷盘。那只寒鸦拍打着翅膀,跳到了桌子上,用明亮的蓝眼睛看着我。

"那你想问什么呢?"潘露娜小姐用拐杖从桌子下面推出一把椅子,坐下,"村子里的人觉得我疯了。"

我也拉出一把椅子,坐在她的对面。白色的桌布上全都是茶水和寒鸦的粪便留下的印记。

我把项链和海豚存储卡从桌上推过去。"这个是我妈妈的。"我说。

潘露娜小姐把它们拿在手里翻来覆去地看。她的手指又细又长,和鸟爪子差不多。她拔开盖子,盯着里面的金属片。"这是什么?"她问。

"记忆存储卡。"我说。

她把它举起来,拿到眼前:"谁的记忆?"

"不是那么回事。"我说,"是在电脑上用的。"我都怀疑潘露娜小姐没有见过电脑。

她咔嗒一声扣上盖子,把存储卡往我这边一推。也许,这个不适合拿给她看。她一点儿都不感兴趣。寒鸦想去啄存储卡,于是我就把存储卡放在了腿上,等待着。

潘露娜小姐往前探了探身:"你到底想知道什么呢?"

我的嘴巴很干。大脑一片空白。我闭上眼睛,想要弄清楚。

寒鸦的脚嗒嗒地踩在桌子上。

"我想知道发生了什么事。"我说,"我想知道,妈妈失踪的那天晚上到底发生了什么事。"

我睁开眼睛的时候,潘露娜小姐还在看着我。她把挡在脸上的稀疏的头发撩开:"问题是,你准备好了吗?"

我把存储卡紧紧攥在手里,点点头。我就想知道发生什么事了。我就要知道真相了。我感觉我好像快要从悬崖上掉下去了。

"你必须倾听海豚的声音。"潘露娜小姐说。

我摇摇头,不可思议地看着她。我以为我能得到一个答案,一个确切的答案。"我不知道您这句话是什么意思。"我说。

潘露娜小姐耸耸肩说:"它们是海里的天使。"

我往后靠在椅子背上。不知怎的,我有一种无力感,好像我已经用完了我的魔法问题,可现在别的问题却一股脑儿地出现在我的脑子里。我该怎么救那只白海豚?我怎样才能阻止那些拖网渔船毁掉海湾?我还能再见到妈妈吗?

潘露娜小姐又往前探了探身,把我的两只手握在她的手里。我注意到,她的眼睛是蓝色的,就像那只寒鸦的眼睛。

"如果你去听,你就能听见它的声音。"她说,"你必须去倾听那只海豚的声音。"

第二十二章

回到炸鱼薯条店,我从窗外看见黛西正把钱递给柜台后的那个男人。我大口喘着气靠在栏杆上,看着下面海港里深绿色的海水。我真傻,我满心希望能找到什么答案,可我连怎么去救小海豚都不知道。贝芙姑妈说得没错:潘露娜小姐疯了。她彻彻底底地疯了!妈妈从来不相信有什么会说话的海豚,反正不相信有会说人话的海豚。

黛西递给我热乎乎的袋子,里面是包好的炸鱼薯条。"鸟婆婆说什么了?"她问。

"过会儿再说。"我说,"咱们还是赶快回家吧。"

"你看后面。"黛西说着用手肘戳了戳我。

我往后一看,只见菲力克斯和安德森先生正从人行道上朝我们走过来。他俩都穿着潜水服和救生衣,腿上裹满了泥巴。

菲力克斯和安德森先生在我们身边停下来。我皱起了鼻子。他们的潜水服散发着一股烂水草味。

"退潮时,我们被困住了。"安德森先生笑着说,"看来我们还有很多东西要学。"

黛西拽着我的胳膊,想藏到我身后去。我用手肘推开她,转身看着菲力克斯:"你们看见海豚妈妈了吗?"

菲力克斯摇摇头:"我们绕过海鸥岩,又继续往前到了岸边,可是连它的影子都没看见。"

我用手指绕着项链。海豚妈妈现在可能在任何地方。"它肯定就在外面的某个地方。"我说。

"我们看见了灰色的海豹。"菲力克斯说,"一条姥鲨、一只特别大的……"

"它不会离开它的孩子。"我说,我一圈一圈地绕着项链的丝线。黛西又抓住了我的胳膊,她猛地往后一拽,丝线断了,贝壳散落了一地。"黛西!"我大声叫道。我在地上乱摸,想找回贝壳,可是有几个已经弹跳着掉进了海里。

我转着圈四处寻找存储卡,可是它也不见了。我根本没看见它掉进海里。我看了看装炸鱼薯条的袋子,并不在里面。

黛西张开一只手,手里有三个玉黍螺贝壳,还有一个马蹄螺贝壳。"对不起,卡拉。"她的眼里涌出了泪水。

我从她手里捧起贝壳,就只剩这几个了。

"这是你的吗?"菲力克斯蹲下去,将一只手伸进排水沟,"我觉得,还掉下来了这个东西。"

他站直身子,伸出手,手里是那个蓝色的海豚存储卡。

"谢谢你。"我说。我把它塞进了口袋里。

他冲我皱着眉头说:"我以为你不喜欢电脑呢。"

"我是不喜欢。"我把它紧紧握在手里,"这是我妈妈的。"

"里面是什么?"

我耸耸肩:"我觉得里面没有东西。"我不想告诉他,我试着在学校的电脑上看过,可是我看不懂登录符号。我给卡尔看过一次,他说存储卡有密码保护。

"我可以看看吗?"菲力克斯说,"如果上面有什么东西的话,我能找得到。"

我的手指在口袋里沿着海豚形状的曲线摩挲着。我一直都想知道那里面有什么东西:妈妈的几张照片,或者是日记?我一直想知道。"也许吧。"我说。

"我会保管好的。"他说,"我保证。"

我把存储卡往口袋深处推了推:"我只剩这个了。"

"随便你。"菲力克斯说,"不过,如果你改主意了,就告诉我一声。"

我目送他跟着安德森先生顺着海滨往前走去。我知道,我找不到别的办法。

"等一下。"我在他身后喊道。他转过身看着我。

我把存储卡递给他。"我愿意。"我说,"我想让你看看。"

菲力克斯点点头,我把存储卡郑重地放在他手里。

某个人的记忆,等着被开启。

我们拿着炸鱼薯条回到家时已经很晚了。贝芙姑妈穿着睡袍瘫在沙发上,正在看电视上的选秀节目。她的肚子现在已经非常大了。

黛西一边把盘子摆在餐桌上,一边说:"对不起,我弄坏了你的项链。"

我在餐桌上摆好叉子:"没关系。"

"她怎么说的?"黛西问,"鸟婆婆说什么了?"

我把番茄酱咚的一声放在桌子中间:"她说海豚是海里的天使。"

黛西停下来,手上还拿着盘子:"是会说话的天使吗?"

"黛西,别犯傻了。"我没好气儿地撕开炸鱼薯条满是油渍的纸包,"海豚就是海豚。它们是动物,不会说话。"

爸爸打着哈欠坐到餐桌前。他的眼睛下面有黑眼圈,最近他总是在酒馆多上几个小时的班。这些天我几乎都没怎么见过他。他拿起一根薯条,咬了一口。

贝芙姑妈和黛西也坐了下来。

"汤姆明天回来。"贝芙姑妈说,"希望他们这次能满载而归。"

我看见黛西的眼睛亮了:"爸爸说过要带我去看电影。"

我在我的薯条上撒了盐。我不想知道明天会怎么样。我转头看着爸爸说:"上学前我们能开船出去吗?"

爸爸摇摇头说:"我要倒三个班。"

"可是,我们要去找海豚妈妈。"我说,"我们得找到它。如果找不到它,他们就要处死它的孩子了。"

爸爸用纸巾擦擦嘴:"听着,卡拉,卡尔今天去海上找了,安德森先生和菲力克斯也去找了。"

"可是,我们比他们更了解这个海湾。我们一定能找到它。"

爸爸放下纸巾,推开盘子:"我明天没有时间。"

我用叉子戳起一根薯条:"你一直都没有时间。"

爸爸生气地瞪着我:"卡拉,你这么说不公平。我得挣钱。"

"可是,我们必须找到它,爸爸。"

爸爸站起来,把包薯条的纸丢进垃圾桶,说:"天哪,卡拉,我们说的可是大海。它可能在任何地方。我们怎么知道去哪儿找呢?"

我推开我的盘子说:"和其他人一样,你也放弃了。"

贝芙姑妈把一只手放在我的胳膊上:"卡拉,听爸爸的话。"

我把椅子往后一推,没理贝芙姑妈。"你放弃了。"我冲爸爸喊道,"就像你放弃妈妈一样。"我跑上楼回到我和黛西的房间,穿着衣服躺在折叠床上,把单子拉过来盖住头。爸爸走进房间,小声叫着我的名字,我假装睡着了。我听见他离开家时重重的关门声,接着楼下传来了刺耳的电视声响。

黛西走进房间,我等着她关上灯,爬上床躺好。等听见她均匀的呼吸声,我就把单子掀开,从窗口看着外面黑乎乎的天空。

"卡拉?"

我屏住呼吸。我还以为她睡着了。

"我知道你醒着。"她小声说。

我慢慢呼出一口气,翻身朝一侧躺着。

"它在哪儿?"黛西问,"你觉得它在哪儿?"

眼泪悄悄地从我的脸上滑落下来,渗进了枕头里。"我不知道。"我说,"我真的不知道。"

第二十三章

明晃晃的太阳,青绿色的大海。

我坐在沙滩上,在我的城堡周围造起一条护城河,又用贝壳和海草装饰城堡。城堡太完美了,有三座高高的塔楼和一座用浮木做成的吊桥。没有什么能摧毁我的城堡。我并没听见海浪声,但海浪打着旋儿流进护城河,瞬间淹没了城墙。一座塔楼坍塌在海浪里,消失了。塔楼上的一枚玛瑙贝壳在坚硬的湿沙子上向前滚动,我想把它捞起来,可它翻滚着冲进了泛着泡沫的海浪里。

"卡拉,快过来!"

妈妈微笑着站在水里。风把她的头发吹到了后面。我甚至能看见她脸上的雀斑,还有她灰绿色眼睛里的光芒。她穿着常穿的那件T恤和那条剪短了裤腿的牛仔裤。一道道海浪聚集在她的腿边,然后冲上沙滩,冲向我。

妈妈用手遮着眼睛。"快来,卡拉!"她微笑着说,"我等着你呢。"

太阳明晃晃的。

海浪不断冲刷着海滩。

可是我想找到那个玛瑙贝壳。我在沙滩上堆积的海草里翻找,却只找到了啤酒罐拉环和塑料瓶盖。

我又回头看了看大海,可妈妈已经不见了。

月亮从窗口照进来,明晃晃的。

黛西的床上传来她轻柔的呼吸声。

我盯着月亮,仿佛看见了妈妈的脸,听见了她的声音。

我等着你呢。

这感觉非常真实。

我把手伸到折叠床下拿游泳包。黛西在睡梦里喃喃地说了句什么,然后翻了个身。早就过了午夜。我抓过厚抓绒外套,踮着脚走下楼梯,然后悄悄出门,溜进了夜色中。

我必须找到海豚妈妈。

我必须找到一个能和妈妈对话的办法。

夜晚的海边很安静。我站在海边,把脚趾抠进松软潮湿的沙子里。没有海浪。高潮已经平缓下来,要转成低潮了。海水平滑、黝黑,像石油一般。我戴上面罩,穿上脚蹼,一直走到齐腰深的水里。冰凉的海水拍打着我的皮肤,可是我有一种很奇怪的感觉,好像我在很远的地方,而我的身体根本不属于我。

我潜下去,周围一片漆黑。我感觉,今天晚上我能潜得更远、更深,好像我是大海的一部分,大海也是我的一部分。我的手在水底带有波纹的沙子上划过,倾听着那深深的寂静。我屏住呼吸,感觉几秒钟就像几个小时那么漫长。我的心跳慢下来。我的思绪飘走了,清晰又轻盈。有什么东西在我身边和我一起游泳,是一只海豚!它的身体发出亮白色的光,在黑暗中闪闪发亮。似乎有一串星星在它的背鳍和尾鳍处盘旋上升。

它看起来好像不属于这个世界,而是来自水下的天使。

我浮出水面吸了一口气,它也在我旁边浮上了水面:"噗——"

在月光的映照下,我看到了海豚的轮廓,看到了它背部光滑的黑色曲线和背鳍上那个深深的 V 形伤口。我知道,小海豚的妈妈会回来的。我知道,它会回到海湾里来。它又潜下去了,留下了一串闪着微光的旋涡。我也潜了下去,看着上百万只小小的浮游生物点亮了水下的世界。

我们又浮上了水面,它围绕着我游。我听见它发出咔嗒声和口哨儿声,我感到它的声呐脉冲径直穿过了我的身体,它要读懂我。它那小小的黑眼睛在月光下闪闪发亮。我都快喘不过气来了。它离我很近,我伸出手,它任凭我抚摸它头上光滑温暖的皮肤。

它又潜下去了,在转着圈游动。我知道,它是在这里的浅水中找它的孩子呢。如果它能跟着我沿着海岸游到蓝色水池的话,我可以带它去看看它的孩子。

我向前游,把镇上橘黄色的灯光抛在了身后。正在退去的海潮在我的腿周围打转,我能感觉到潮水向大海上拖拽的力量。我不应该在这里。如果爸爸知道,他会非常生气的。我好像都能听见他在说:"卡拉,你知道你在干什么吗……体温过低……没穿救生衣……还是自己一个人!"我不去想他了,扒着蹭着我皮肤的长满藤壶的礁石,继续往前游。

汽车警报器的声音和卡车的隆隆声传到了大海上,潜入深远的夜色中。不过,它们好像属于另一个世界。

时间似乎放慢了脚步。我以为我已经游过蓝色水池了,一抬头,我看到了月光下的一盏灯和两顶圆帐篷。

就是在涨潮的时候,潮汐水池外面的水也很浅,礁石裸露着。现在已经退潮了,我看到池子的水泥边露出了水面。我不知道海豚妈妈是不是能游得够近,看到它的孩子。

"噗——"海豚妈妈浮出了水面。

我紧紧攀着一块礁石,在寂静中竖起耳朵听着。然后,我又听见"噗——"的一声回答。

海豚妈妈拍打着尾巴,它张开嘴,向着夜空发出一长串咔嗒声和口哨儿声。

我听见水池那边有声音,是人的声音。

"嘿,格雷格!"是卡尔的声音,他肯定在值夜班,"外面有什么东西。"

我缩到礁石的阴影里,不想让卡尔看见我在这里。他站在水池边,正低头往水里看。

"那边还有一只海豚。"卡尔说,"把我的手电筒拿过来,咱们看看是不是海豚妈妈。"

手电筒的光扫过水面,照到了海豚身上,又顺着它后背的曲线,一直照到它背鳍上深深的 V 形伤口。

"确实是它。"格雷格说。

"卡拉说对了。"卡尔小声说。

我竖起耳朵,听见了他后面的话:

"她知道,海豚妈妈会一直找,直到找到它的孩子为止。"

第二十四章

"醒醒,卡拉!醒醒!"

我感觉有根小手指在戳我的眼皮。

"醒醒!你没赶上吃早饭。该上学去了。"

我睁开眼睛,推开那只手。黛西正坐在我的折叠床上,盯着我看。

"你都睡了好久了。"她说。

我挣扎着爬起来。我的头昏昏沉沉的,腿冻得生疼,感觉都冷到骨头里了。昨晚的梦还在我脑子里翻腾。

黛西伸出手:"你的头发怎么是湿的呢?"

我用手捋了捋头发,看见枕头上有一片深色的水渍。地板上堆着我的湿衣服。我昨天晚上真在那里。我真看见那只海豚了,那不是梦。

我走下床:"海豚妈妈回来了。我看见它了,昨天晚上。"

"你看见它了?"黛西瞪大了眼睛。

我握着她的两只手说:"别告诉你妈妈,黛西,求你别告诉她。"

我套上校服,抓过书包,冲下楼,来到厨房。

贝芙姑妈正在炉子上煎培根。她看见我，咂了一下嘴说："你只能拿个培根三明治在去学校的路上吃了。"

我从桌上打开的袋子里拿了一片面包。

汤姆姑父坐在餐桌旁。他穿着衬衫和防水裤，裤子的背带垂在腰间。他没刮胡子，看起来很累。他往前弓着身子，两手托着腮。

黛西想爬到汤姆姑父的腿上去，可是他把她拽下来了："黛西，该去上学了。别迟到。"

汤姆姑父的语气很生硬，这一点儿都不像他。贝芙姑妈看着他。今天是他该拿钱回家的日子，他们把在海上捕到的鱼卖掉后，应该拿到属于他的那份钱。

汤姆姑父往后一靠，摊开两只手。"贝芙，什么都没有。"他说，"法国和西班牙的船也在同一片海域。我们捕到的鱼连油钱都挣不回来。道奇·伊文思说这是我的错。"

"我们要付账单，汤姆，孩子也快要出生了。"贝芙姑妈朝我这边瞥了一眼，"家里还有两张嘴要吃饭。"

"我知道，贝芙，我知道。"

"汤姆，我们需要钱。"

汤姆姑父的两只手砰的一声拍在桌子上："你以为我都是在干吗呢？"

黛西抓住我的胳膊，靠在我身上。她看看爸爸，又瞅瞅妈妈。

贝芙姑妈在我的面包片上放上一块培根,把面包塞进我手里:"你们两个快走吧,这个时间你们早就应该上学去了。"

我拉起黛西的手出了门。我没有带她往山坡上走,而是领着她沿岸边的路往前走。

黛西用两只手紧紧抓着我的一只手:"我们不去学校,是吗?"

我摇摇头说:"我们要去看海豚。"

海岬停车场上停着兽医的车和格雷格的皮卡。看到水池上方的小路上没有别人,我才放下心来。卡尔身上裹着睡袋,坐在一顶帐篷外面。他冲我们招手,示意我们快下去。菲力克斯和安德森先生也在那里。

我和黛西钻过黄色警戒带,顺着台阶一路小跑。

在背光处,礁石是深紫色的,大海是淡蓝色的,水面上笼罩着一层薄雾。早上的天气很凉,不过,我能预感到,今天肯定是个大晴天。一个带着 V 形伤口的背鳍从潮汐水池外面的水面上划过。

卡尔看着我们,咧嘴笑着说:"好消息。海豚妈妈真的回来了。"

"我们知道。"黛西眉开眼笑地说。

我捅了捅她:"我们一直觉得它会回来。"

帐篷里响起了手机铃声。"是我的电话。"卡尔说着爬进帐篷去接电话。

安德森先生瞥了一眼手表,冲我们皱着眉头说:"这个时间你们俩不应该去上学吗?"

"我们只是想看看小海豚。"我说。

"我们也是。"菲力克斯说,"我们可以捎上你们。行吗,爸爸?"

安德森先生点点头:"嗯,不过最好别待太久,看样子我们要迟到了。"

我转身去找黛西,可是,她已经从我们身边走开,走过礁石到水池边上去了。

"她还在生我的气,是不是?"菲力克斯说,"因为我在咖啡馆说的那句话,她一直都没原谅我。"

我笑了:"从那以后,她就再也没穿过她的仙女裙。"

我跟在菲力克斯身后。他慢慢地走过高低不平的礁石表面,用他那只正常的手扶着大圆石,免得摔倒。

"你在存储卡上发现什么了吗?"我问。

菲力克斯摇摇头:"它有密码保护。我试了你的名字,试了莫娜,还有好多其他密码,可还没能破解它。你能想到什么你妈妈可能用来做密码的东西吗?"

我耸耸肩。从她最喜欢的食物,到海星的拉丁语名字,什么都有可能拿来做密码。

我弯腰钻到白色遮阳布下,蹲在黛西身旁。我旁边的桶里装着深棕色的液体，一些乱七八糟的内脏之类的东西像煮过的意大利面一样粘在桶身上散发着一股鱼腥味。格雷格在水里扶着充气筏。一个女人站在海豚前面，举起一个连着长管子的漏斗，管子放在海豚的嘴里。这个女人冲我微微一笑说："你一定就是卡拉。我听卡尔说过你的好多事。我是山姆，哦，就是那个兽医。"

我也冲她笑了笑，然后看着小海豚。我往前探了探身子，这样就能看见它的眼睛了。它眨眨眼睛，也在看着我。我想知道，它是不是认出我了，是不是还记得我是谁。"它能好起来吗？"我问。

山姆点点头："它还有一线希望。只要它能在水里保持平衡，而且能抓鱼吃，我们就会放它走。"

黛西往后撩了撩她的鬈发："我们可以帮忙照顾它吗？"

山姆哈哈笑着说："我觉得你不会喜欢这个工作的。"她指了指漏斗里黏稠的棕色液体："这就是海豚的婴儿食品！是用打碎的鱼和抗生素混合而成的，等它嘴里消肿以后，我们会试着喂给它整条的鱼。"

黛西脱下鞋袜，坐在水池边上晃荡着两只脚："它叫什么名字？"

山姆耸耸肩，笑着说："它没有名字。"

"它得有个名字。"黛西说。

"我敢肯定，它有个海豚名字。"山姆说，"每只海豚都有自己独特的口哨儿声，那就是它们给自己起的名字。"

"我们得给它起个名字。"黛西说着往下滑了滑，膝盖以下都泡到了水里,她伸手去摸海豚。

山姆摇摇头:"我们不能让它习惯和人类接触。我知道这很难。不过这是为了它好。"

一只有黑色翅膀的鸟从我旁边疾飞而过,我吓得跳了起来。原来是一只寒鸦,它弄翻了桶,嘴里叼着一块鱼尾巴,拍打着翅膀飞走了。我看着它飞到了蓝色水池上空,无意间看见一个人影正在悬崖顶的小路上慢慢走着。

"是鸟婆婆!"黛西小声说。

菲力克斯用手挡着阳光,看着她:"鸟婆婆?她是谁?"

我看了一眼黛西,用手肘捅捅她。我不想让她提起我去见潘露娜小姐的事。

"我认识她。"山姆说,"有时候她会把生病的鸟带到诊所去。"

黛西紧紧拉着我的衣袖:"她说,海豚是海里的天使。"

山姆笑了。"天使?"她说,"是啊,也许它们真的是天使。"

在清晨的阳光中,小海豚的全身散发着珍珠般的光泽。

"那我们就叫它这个名字吧。"黛西说,脸上挂着愉快的笑容,"我们就叫它安琪儿。"

第二十五章

"安琪儿?"卡尔说。

黛西点点头:"她得有个名字,安琪儿就是天使。"

卡尔盯着手里的手机:"那个人也是这么跟我说的。他说,它得有个名字。"

"哪个人啊?"我问。

卡尔皱着眉头把手机放进衣兜里。"是当地报纸的记者。很多人对受伤的海豚感兴趣,特别是我们把它的故事放到海洋生物救援队的网站上以后。"他说,"报纸、电视台,还有环保组织,他们都想来看看它。我得给周六的新闻发布会找个会场。我给镇上的礼堂打过电话,可是他们说太晚了,根本来不及安排。"

"一点儿都不意外。"格雷格说,"道奇·伊文思是镇委员会的成员。"

我抱起双臂,背靠着礁石说:"很快就会有一车一车的人到我们海湾来。大家都想看它,就像主题公园里的助兴表演一样。"

"人们喜欢看海豚。"卡尔说,"这就给了我们一个机会,告诉他们海洋生物救援队是干什么的。我们还可以告诉他们海洋生物面临着怎样的威胁。"

菲力克斯用手拍了拍水。"就是这样!"他大声喊道,"我们正需要利用这个机会告诉人们珊瑚礁的事。"

我摇摇头:"让人们都盯着它看?不把海豚展览出来,他们也应该对珊瑚礁感兴趣。"

菲力克斯翻了个白眼:"这不一样啊,是不是?我的意思是,你觉得人们会喜欢看什么,是'救救海湾'还是'救救海豚'?"

我阴沉着脸看着他:"好吧,那你建议我们该怎么做呢?"

"利用网络。"菲力克斯笑得嘴巴都快咧到耳根了,"网站和社交平台,让人们都参与进来。"

我摇摇头说:"没用的。"

菲力克斯举起一只手:"为什么没用,卡拉?我真不敢相信,你居然都不想试一试。我们可以发起网上请愿,让人们签名阻止在珊瑚礁捕捞。"

"没用的。"我说,"你想写什么蠢博客,随便你。就算你能让一百万人签请愿书,也没什么用。除非我们能说服拖网渔船的船主拯救珊瑚礁,不然的话,做什么都没用。"

我转过身,背对着菲力克斯,在平坦的礁石上踢着小石子儿。

"快走吧。"安德森先生说,"我该送你们去上学了。"

在去往学校的路上,我们都默不作声地呆坐着。我把书包紧紧抱在胸前,盯着车窗外。我真不敢相信,菲力克斯和卡尔想利用安琪儿,像马戏表演一样,让报社和电视台的人来傻呆呆地围观它。

放下黛西的时候,我们上课就已经迟到了。我知道,老师肯定会批评我。所以,我直接走进操场,靠着马栗树粗大的树干瘫坐了下去。

我头枕着书包,蜷缩在树根分叉的地方。我的眼睛因为昨夜缺觉而疼痛,我的思绪像丝丝缕缕的白云四下飘散。树荫下凉爽安静。在我头顶的某个地方,一只黑鹂在唱歌。微风穿过稠密的树叶,把我带进了梦乡。

"你在这儿呢。"菲力克斯说。我睁开眼睛,坐起来。

菲力克斯皱着眉头站在我面前:"我到处找你。"

我站起来,掸掉裙子上的草屑和土:"几点了?"

"大课间快结束了。"他说着皱起了眉头,"卡特太太想见我们俩。"

我猜可能因为早上我们迟到了,不过我不在乎。两天后就放假了,我就可以完全不用去学校了。我跟着菲力克斯去卡特太太的办公室。办公室里,克洛伊、艾拉,还有另外几个我们年级的同学也在。我瞥了一眼卡特太太,很纳闷儿他们怎么都在这里。

"卡拉,快进来。"她说。她的笑容让我有些不安。菲力克斯坐在克洛伊旁边。

卡特太太指着一个座位让我坐下,不过我没坐,而是站在了门边。

"菲力克斯告诉我,你们俩帮忙救了那只海豚。"

我瞥了一眼菲力克斯。

"我们也都想帮忙。"她说。

艾拉在微笑。克洛伊在摆弄她的手镯,不过她抬起眼睛,透过刘海儿看了我一眼。

我不希望发生这种事。我真不敢相信,菲力克斯告诉了学校里的每一个人。

"卡拉,你觉得怎么样?"卡特太太仍然微笑地看着我,她在等着我回答。

"现在帮手够多的了。"我说,"蓝色水池那里有点儿太挤了。反正谁都不许摸它。"

我看见艾拉拉长了脸。

"菲力克斯有个建议,也许我们全校都能参与。"卡特太太说。

我摇摇头。

安琪儿是我们的海豚,是我们发现它的。现在,菲力克斯却想让它属于大家。

我往门口倒退了几步,怒视着菲力克斯,一字一句地说:"谢谢你们,不过我们不需要帮助。"

菲力克斯的脸色很难看。"卡拉,你错了。"他说,"如果我们想拯救珊瑚礁,那所有能得到的帮助我们都会需要。"

"现在这样就挺好。"我说。

卡特太太张开双臂。"听着,卡拉。"她说,"我已经把学校大礼堂提供给卡尔开会用了。许多人会来参加这场新闻发布会,从记者、政治家,到当地拖网捕捞渔船上的人。这是个机会,我们可以让大家看看我们有多在意我们的海湾。"

"我们要制作海报,挂满整个大礼堂。"克洛伊说。

"好不好啊,卡拉?"艾拉请求道,"这对我们大家都很重要。"

克洛伊点点头:"这也是我们的海湾,卡拉。"

我看了看大家:"你们真觉得这有用吗?"

菲力克斯在椅子上往前挪了挪。"必须有用。"他说,"禁捕令还有不到一周就要解除了。这是我们唯一能做的事了。"

第二十六章

周六,我刚吃过午饭就赶到了学校。我以为我到得够早了,不过我并不是第一个。

我替格雷格扶着大门。他手里抱着一个大纸盒子,卷起的海报和干海草从里面露了出来。"卡拉,你已经回学校来了?"他笑着说,"还是在放假的第一天?你肯定特别喜欢上学。"

我哈哈笑着,跟着他走进学校大礼堂。我怎么可能错过今天。

我真不敢相信,才两天时间我们就做了这么多。

放假前的两天,全校都没上课,而是做了个有关珊瑚礁的作业。我们年级在礼堂的一面墙上画了一幅巨大的珊瑚礁壁画。八年级的学生制作了我们小镇的大事年表,上面画着渔船、渔网,还贴着用铝箔纸做的鱼群。只有杰克和伊森没有参加。最后一天,杰克干脆没来上学。

"你觉得怎么样?"克洛伊问。

她正把最后一张照片钉在一进门的展示板上。这些照片中有我们发现安琪儿那天卡尔拍的照片,也有克洛伊今天拍的新照片。

"太棒了!"我说。我盯着克洛伊早上拍的那张照片,照片上的安琪儿正独自在蓝色水池里游泳。

"它已经能自己吃东西了。"克洛伊说。

我看着另一张照片,那是安琪儿嘴巴的近景照片。那道很深的伤口差不多已经长好了。除了它嘴角弧线的一角斜着往下有一道明显的疤痕以外,根本看不出它受过伤。

安德森先生搬着一摞椅子经过:"嘿,卡拉,你能帮把手吗?"

安德森太太也在这里,她正把椅子按排摆好。

"你们觉得会来多少人?"我问。

安德森先生耸耸肩。"我们很快就知道了。"他说。

菲力克斯递给我一些正面印着安琪儿照片的小明信片。"你能帮忙发一下吗?"他问。

"这些是干吗用的?"我问。

"是我昨天做的。"菲力克斯说,"我们可以把它们放在座位上。人们可以在另一面签字,然后放进请愿箱,阻止捕捞。"

我翻过来一张,看见了另一面的黑体字。"太棒了,菲力克斯。"我说,"真是太棒了。"

菲力克斯看着我,咧嘴笑着说:"我做的时候就知道你会喜欢。"

我在一排排椅子中间来回走着,把卡片放在每一张椅子上。在大礼堂的后面,卡尔正在为舞台上的大屏幕连接笔记本电脑。离开会不到两个小时,离允许拖网渔船在珊瑚礁捕捞也只有不到两天时间。

更多的家长和孩子加入我们,帮忙在墙上贴照片,在桌子上摆放各种贝壳和海藻。当最后一张照片贴在了墙上,格雷格从厨房里端来一托盘饮料。

我拿起一杯橙汁,扑通一下坐到了菲力克斯旁边。"终于弄完了。"我说,"现在我们也没有什么别的事可做了。"

门打开,然后又砰地关上了,卡特太太走了进来。她打开一长卷纸。"我刚从网上看见这个。"她说。

艾拉帮忙把纸钉在板子上,然后站在前面,大声念着上面的字:"大自然只在海豚身上就赋予了所有优秀哲学家寻求的一切——无私的友谊。"

卡特太太点点头说:"普鲁塔克,一位希腊哲学家,这句话是他写的,写于一千多年前。当然,这句话放在今天也同样适用。友谊就是友谊,而不是因为我们可以从中得到什么东西。海豚对人类产生的影响真是奇妙。"

"新西兰的毛利人相信,海豚拥有人类的智慧。"我停了下来四下看了看。大家都在安静地听我说。

卡特太太微笑着说:"我想知道海豚用毛利语怎么说。"

我看着卡特太太头顶上方的一张海豚照片,努力在回忆。我记得妈妈跟我说过一次。那个词听起来就像是海豚的气息喷出水面的声音。

"是什么呀？"菲力克斯问。

我转身看着他。他往前弓了弓身体，盯着我说："嗯？"

"是 Te……aihe。"我说。

"你确定吗？"

"我觉得是。"

"这个词怎么拼？"

"我不知道。"我说，"这重要吗？"

菲力克斯伸手捋了一下头发。他看看我，又看了看钟表。"我得走了。"他说，"值得试一试。"

"什么？"我问。

"过会儿告诉你。"

他站起身。

"再过一个小时，卡尔就要演讲了！"我在他身后喊道。

菲力克斯已经走了。礼堂的门打开，又砰的一声关上了。

我帮格雷格和卡特太太收拾起杯子，拿到厨房的水槽去。

"天哪，看外面。"卡特太太说。

我踮起脚，从高高的窗户往外看，简直不敢相信自己的眼睛。"咱们这里可盛不下所有人。"我说。

格雷格摇摇头：“有些人只能站着了。”

停车场里已经停满了车，还有一些车停在路边。长长的一队人在操场上蜿蜒排列着。

"卡尔知道吗？"我问。

"他去换衣服了。"格雷格说，"我觉得，他不知道自己要面对的是什么场面。"

我看着窗外那一队人。有很多是游客，他们穿着鲜艳的短裤，带着沙滩装备。我也看见了很多我认识的镇上的人。

"那位是库克先生，咱们当地的政治家。"卡特太太说。

"这应该是好事。"我说，"也许他能通过一项阻止捕捞的法案。"

格雷格皱着眉头："这事由伦敦的政治家说了算。他们大多数人就算有人把鱼砸到他们脸上，都分不清哪条是鳕鱼，哪条是鲭鱼。"

然后，我看见库克先生在跟谁说话了，是道奇·伊文思。他们在微笑，在讲笑话。我不希望库克先生站在道奇一边。我记得菲力克斯说过，我们不能不抗争一下就放弃。禁捕令还有不到两天就要解除了，拖网渔船就要拖着锁链经过珊瑚礁了。我们可能再也不会有这样的机会了。

就是这样。

它必须有用。

这是我们拯救海湾的一次很重要的机会。

第二十七章

我从门口拥入的人群中挤过,坐到爸爸身边的座位上。礼堂里全是人,连墙边也站了好多人。我看见前面几排坐着一群渔民。道奇·伊文思坐在椅子上,身子往后靠着,两只胳膊抱在胸前,脸上带着自以为是的笑容。

"午饭的时候,道奇在小酒馆见了几个拖网渔船的船主。"爸爸小声说,"他要求船主抗议禁捕令请愿书,还说这是剥夺了他们的生计。"

我转身看着礼堂里的一张张脸:"我敢打赌,这里很多人会在请愿书上签名保护海湾。"

爸爸摇摇头:"眼下它只是个自愿禁令。你要知道,如果渔民们不同意,它就没什么作用。"

尽管门和窗户都敞开着,礼堂里还是很热。一个记者和一个摄影师从过道上走过来,站在了前面的一个角落里,人们的窃窃私语戛然而止。当地的电视台也在这里,准备现场直播会议情况。

"菲力克斯呢?"我小声说,"他这会儿该到了。"我回头看了看挤满人的礼堂。也许菲力克斯挤不过来。我站起来想去看看,可是爸爸又拉着我坐下了。

"卡尔就要演讲了。"爸爸小声说。

卡尔走上台阶,站到舞台上,面对着大家。

整个礼堂都安静了下来,依稀听到椅子腿拖地的声音和后面有个地方传来的小宝宝的哭声。我看着卡尔。他穿着西装,打着领带,看起来很不一样。他的头发梳得很整齐,还戴了一副细金丝边眼镜。他的两只脚交替挪动着,脸色看起来有些苍白。我甚至能听见他颤抖的手里拿着的纸在沙沙作响。

开始不太顺利。麦克风不响,他说话的声音又太小,我猜礼堂后半部的人根本听不见他说话。阳光倾斜着从窗口照进来,为了能看见他身后的屏幕,有人拉上了窗帘,关上了灯。当他展示安琪儿的照片时,人们都在认真看着。看见它嘴里那道很深的伤口时,人们都倒吸了一口气;看到它吃下第一条鱼时,人们都发出了欣慰的叹息。

然后,卡尔开始讲海湾和拯救珊瑚礁的项目。他在屏幕上展示了一些曲线图和饼状图,然后讲解了海底不同种类的珊瑚礁。他说着各种海洋动物和植物的拉丁语名字,还举起了手里的一些珊瑚碎片做展示。我知道,后面的人根本看不到,他们一直在窃窃私语。没有人认真在听。他们只想听安琪儿的事。

卡尔说完了,灯光又亮了起来,他问礼堂里有没有人要提问。有人问,他们要在什么地方把海豚放归大海。还有人问,白海豚是不是会变色。可是,没有人对珊瑚礁感兴趣。突然,道奇·伊文思站了起来。他走上舞台,站在卡尔旁边,把帽子拿在手里。他面朝大家,我注意到,他穿了很破旧的衣服。

"很高兴看到今天这里有这么多人。"他说,"有游客,也有本地人。"

他声音洪亮,响彻整个礼堂。虽然脸上带着温和的笑容,不过他骗不了我。

他张开双臂说道:"希望你们过得愉快。不过,我们这座可爱的城镇可不只是用来造沙堡和度假的。几百年来,我们一直在这个海港里捕鱼。我们靠它生活。游客们都回家去了,可我们还得在这里谋生。"

现在,每个人都在听他讲话,很难不被他吸引。道奇·伊文思就是有些抓人的本事。我扫视了一眼礼堂,看见杰克一副扬扬得意的样子。

"在这条海岸线附近有很多珊瑚礁。"道奇继续说,"足够每个人用。我们在自己的海湾里捕捞扇贝,就像农民耕田一样。"

礼堂里鸦雀无声。我四下看了看,所有人的眼睛都在望着道奇。

他把一个拳头放在胸前。"捕鱼是这个小镇的生命。"他喊道,"一直都是。所以,如果你们还想让你的盘子里有最最新鲜的扇贝,那就支持我们,支持渔民。不要在禁捕令请愿书上签字!"礼堂里传来议论声,接着,人群中响起了热烈的掌声。不只渔民在鼓掌,游客也在鼓掌。道奇·伊文思很快鞠了个躬,走下舞台,又回到他的座位上去了。

"卡尔,说点什么啊。"我压低声音嘀咕着。卡尔却只是站在那里,在地上来回蹭着两只脚。道奇咧着嘴,露出了胜利的笑容。

"等一下!"

大家都回头朝声音传来的方向看去。道奇·伊文思眯起眼睛,看是谁在喊。我也转过身。椅子的摩擦声和脚的挪动声传来,是人们在给菲力克斯腾出地方,好让他从过道上走过来。他在我面前停下,一只手里紧握着那个海豚存储卡。"卡拉,我发现了些东西,很重要的东西。"他说。

"什么东西?"我问。

礼堂里的说话声越来越大,里面又热又闷。现在已经没有什么能把人们留在这里了,礼堂后面的人开始起身离开。

菲力克斯也注意到了:"你得帮我争取点时间。别让他们走。到舞台上去,说点什么,说说你希望这个海湾怎么样,说什么都可以。两分钟,我就需要两分钟。告诉他们,他们将要看到自己可能会失去些什么。"

我摇摇头:"我不行。"

菲力克斯用命令的语气说:"你就快去吧!"

我目送他顺着过道走回去。

我从来没有站在这么多人面前讲过话。我看见礼堂后面的人站起来要离开。我不知道菲力克斯发现了什么,可是我不能失去这个机会。我走上台阶,面对着观众。我甚至不知道要说些什么。一双双眼睛都在盯着我看,我有点儿头晕。我看见杰克的嘴角翘起来了,他在大笑。道奇·伊文思也在看着我,他的眼睛好像能看穿我。我向礼堂的墙看了一圈,看着墙上画的渔民、渔船、渔网,还有一桶桶的咸鱼。

"道奇·伊文思说得没错。"我说。我的声音比想象的要响亮得多。整个礼堂都安静下来,大家都在听。有几个人又坐回椅子上。"捕鱼是这个小镇的生命所在。"我四下看了看,这个机会对我很重要,"我们的小船在一百多年前就在这个海港里捕鱼。那时候,小船返航时满载着沙丁鱼和鲱鱼,太满了,鱼甚至会从船舷溢出来掉回海里去。"我使劲咽了口唾沫,嗓子就像木屑一样干涩。我四下看了看,目光落在了道奇·伊文思身上:"可是,现在小船里再也没有那么多鱼了。我们从海里拿走了所有的鱼。道奇·伊文思的拖网渔船不得不走远一些,去水更深的海域捕鱼,就算是这样,他们也常常空手而归。现在,我们在海湾里捕捞扇贝,毁掉珊瑚礁。我不知道,我们在下一个一百年还能不能在这里捕鱼?"我扫视了一眼礼堂,没看见菲力克斯,不过我记得他想让我说的话:"你们将要看到,我们会失去些什么。"

我站在台上,礼堂里寂静无声。我走下台阶,坐在爸爸身边。

礼堂里的灯突然熄灭了。

整个礼堂里的人似乎都屏住了呼吸。

一个清晰的声音划破了寂静。我不得不抓住椅子边。我的头一阵晕眩,感觉自己要晕过去了。

我听见了妈妈的声音。

第二十八章

让我带领你们踏上一次旅程,穿过我们最后的伟大荒野,一个有着高山和深谷的地方。然而,它并非位于什么遥远的陆地,而是就在这里,在我们寒冷的大西洋的海面之下。

爸爸握住我的手。礼堂里鸦雀无声。大屏幕先是黑乎乎的一片,继而屏幕中央微弱的绿莹莹的光变得越来越亮,我们跟随镜头面向照进水里的太阳。一丛丛浅绿色的海藻向上伸出泛着涟漪的发光的水面。一只海豹朝摄像机游过来,它的鼻子都快碰到镜头了,好像在看着礼堂里的每个人。它那双大大的像小狗一样的眼睛是巧克力色的。它哼哧着呼出一口气,银色的气泡旋转着上升,然后它旋转身体,敏捷地从水中划过。我们仿佛也跟着它一起穿过浮动的光柱,游过点缀着粉色和绿色海葵的礁石,经过珊瑚礁、毛头星和海团扇[①]。

这肯定是妈妈拍的最后一段视频。

[①]海团扇,又叫扇珊瑚。

她的声音引导着我们进入了一片深绿色的水域，礁石的表面布满了柔软的粉红色珊瑚虫和黄色的海绵。顺着手电筒的光，我们能看到一条红纹隆头鱼在中层水域徘徊，身上是鲜艳的蓝色和黄色。一只紫色的海蛞蝓穿过略带红色的海草。在下层水域中,布满礁石的海床生机勃勃，到处都是珊瑚虫和海胆。一只天鹅绒梭子蟹匆忙游过。这里的一切都充满了生机。

忽然，一阵撕扯的声音划破了整个礼堂的宁静。屏幕上的图像变了，画面里充斥着铁链和翻腾的泥沙。泥沙沉淀下来，留下了满是沙砾的海床，散落着破碎的海团扇。礼堂里一片沉寂。

妈妈的声音再次响起：

除非我们保护我们的海洋，不然，除了不毛之地，我们将一无所有。

我们不是耕耘大海的农民。我们从不播种，我们只问收获。

灯亮了。没人说话。我们都从影像的世界回来了，那些形象在我们的脑海中无比清晰。妈妈的声音还在我的脑海里回响。卡尔又回到了舞台上。他一只手攥着演讲稿，正准备说话时，礼堂的后面响起一阵掌声，接着，掌声像海浪一般涌来。我看到一些渔民在点头，另一些渔民呆呆地盯着屏幕。道奇·伊文思坐在那里，双臂紧紧抱在胸前。杰克气哼哼地瞪着我。我扭过脸。我不想破坏这个时刻。我又听到妈妈的声音了，我想把它深深地烙在心里。

"对不起,我没能事先告诉你。"菲力克斯说,"我没有时间说。"

我卷起牛仔裤,把两只脚伸进水池里。安琪儿侧着身子游过来,它的小眼睛在看着我。我伸出一只脚,用脚趾轻轻拂过它温暖光滑的身体。

"你是怎么找到的?"我问。

菲力克斯坐在我旁边的礁石上,伸手递给我存储卡。

"Teaihe。"他说,"我早该想到的。海豚在毛利语中的说法就是密码,你妈妈存储卡的密码。"

我从他手里接过存储卡,紧紧握着这只塑料海豚。想到它里面装着妈妈过去的片段,就好像它也保存着她的一部分,这种感觉很奇怪。

"这里面还有别的什么吗?"我问。

"没什么别的了。"他喃喃地说。

我想问问他"没什么别的了"是什么意思,可这时卡尔坐在了我们旁边。

"我很高兴这件事结束了。"他说。他的领带松松地挂在脖子上,熨得笔挺的裤子现在也皱巴巴的了。他伸出两只手理着自己的头发:"没有你们,我一个人不可能做到。"

"你觉得会有用吗?"我问。

"禁止捕捞的请愿书有很多人都签名了。"他说,"我数了数,有几百个名字。"

"渔民们呢?"我问。

"我不知道。"卡尔说,"不过,我们很快就会知道了。"

安琪儿又从我们身边游过,它用尾巴拍打着水面。我伸手抚摸着它的头和它下巴上那道突起的伤痕。

卡尔皱起了眉头。"它开始变得过于依赖我们了。"他说,"我们也很为它妈妈担心。今天海湾里有很多船,它可能会被螺旋桨弄伤。"他站起身,拂去裤子上的水,然后蹲在我和菲力克斯身边:"我不应该告诉你们这些,因为别人都不应该知道……"

我感觉心一沉,因为我知道他要说什么:"你要放它走了,是不是?"

卡尔点点头:"山姆觉得它已经准备好了。不过放它走的时候,我们不想让太多人待在旁边。"

安琪儿抬起头,好像它也在听我们说话。我想让它回到大自然中,可是此刻我的心就好像被撕裂了一样。我知道,它一旦走了,这可能就是我最后一次看到它了。

"什么时候?"我问。

"明天。"卡尔说,"等天一亮,我们就在海滩上放它走。"

第二十九章

我第一个来到海滩上。清晨的海风很凉,我抱紧双臂,好让自己暖和一点儿。银河横在空中。我记得妈妈给我讲过一个毛利人的传说,一个叫 Tama-rereti 的人在湖上驾驶着独木舟,他把小石子儿抛到天上,小石子儿变成了星星照亮他的路。后来,上天把他的独木舟放到天上变成银河,以纪念他造出的那些星星。我把脚趾埋进凉凉的沙子里,听着波浪拍打岸边的声音。我想看看海豚妈妈,想听到它的声音。

"卡拉,是你吗?"

我转过身。爸爸朝我走过来,他背对着街灯,我只能看出他的轮廓。"我听见你出门了。你在这里干什么?"他说。

"卡尔要在天刚亮的时候把安琪儿放回大海。"我的牙忍不住地打战。一阵凉风正从岸上吹向海面。

爸爸脱下他的抓绒外套,麻利地套在我身上。他紧紧抱着我,我们看着曙光慢慢照亮了天际,一道浅浅的光束让星星黯淡下来。一群三趾鹬低低地飞过海滩,沿着远处的海岸线落下来。"卡尔来了。"爸爸说。

一辆皮卡朝我们开过来,湿沙子反射着车灯的光。

"希望菲力克斯和他爸爸能及时赶到。"我说。

皮卡停在我们旁边。我从皮卡的后车厢探过身去,看见菲力克斯坐在安琪儿的头旁边。安琪儿身上裹着湿浴巾,躺在黄色的充气筏上。

卡尔往水面上扫了一眼:"有没有海豚妈妈的影子?"

我摇摇头:"希望它没在水池边等着。"

我和爸爸抬起筏子前面的一角,帮忙把安琪儿放下来。

它很重,骨头和肌肉都长得结结实实的。我用一只手摸了摸它的头。它的呼吸浅而急促,两只眼睛睁得大大的。

"先不要往太深的水里去。"卡尔说,"咱们等等,让它先熟悉一下水。我们不想让它太早游走。"

直到水齐腰深了,我们才让安琪儿漂进海浪里。海浪从远处破碎开,一波一波地冲向海岸边。安琪儿平静得让人不可思议,好像它也在等待。它发出的咔嗒声和口哨儿声,以及看不见的声音的脉动在海湾暗色的水域中传向四面八方。

太阳的外缘从我们身后的小山丘上显露出来,把大海映成了金色。我感觉安琪儿的身体紧张起来。它一动不动,十分安静地在倾听。

我感觉到海豚妈妈就在我们附近。

"噗——"海豚妈妈在旁边浮上了水面。

"留心点它。"卡尔说,"如果它想要回自己的孩子,可能会变得具有攻击性。"

安琪儿拍打着尾巴,急切地想要游走。

卡尔和格雷格给筏子上两个长长的垫子放了气,然后从它身下轻轻撤走了筏子。它冲上前去找妈妈的时候,我最后一次抚摸了一下它的后背。它们的身体互相触碰着,并排游向大海深处。

我看着它们游过的地方,内心深处有奇怪的空落落的感觉。

这种失落不是因为我失去了原本拥有的东西,而是因为我一心希望得到的东西没有得到。

第三十章

卡尔主动提出用他的皮卡捎我们回家。我和爸爸,还有菲力克斯一起坐在车后座上。报刊亭开门很早,店主已经在外面的展示架上摆放报纸了。爸爸敲了敲车窗,让卡尔停车,他跳下车给贝芙姑妈买了些面包,还买了一份报纸。

我从他手里一把抓过报纸。头版是安琪儿的一张大照片。我很快翻到内页,看到整整两个版面都是卡尔、道奇和大礼堂的照片。我和黛西的照片也在上面。

"看看上面说什么了。"我边说着边把报纸塞到了菲力克斯手里。

菲力克斯拿起报纸念道:"拯救我们的大海。昨天,当地人和游客挤满学校礼堂,支持海洋保护……"

接着菲力克斯沉默地快速浏览那篇文章。忽然他大叫道:"我们做到了!听着……'当地渔民在自愿禁止在这一区域捕捞的请愿书上签字,同时,一条确保海湾能得到合法保护的法律正在提交议会。超过六百人在不到两个小时的时间里在请愿书上签名。'"

"这么说,渔民们站在我们这边了?"我说,"他们不会在海湾里捕捞了?"我忍不住咧嘴笑了。我做梦都想不到事情会这样发展。我们不但救了安琪儿,也救了这个海湾。

"我们得记住这个时刻。"菲力克斯说,"不可能有比这更好的结果了。"

我点点头,因为他说得没错,这个时刻值得铭记,没有什么能夺走它。

什么都不能。

就算道奇·伊文思的吉普车停在贝芙姑妈和汤姆姑父家的车道上也不能。

卡尔在房子外面停下车。我们能听见从敞开的厨房窗户里传来的争吵声,是汤姆姑父和道奇·伊文思在大喊大叫。贝芙姑妈紧贴在厨房的水槽上,背对着我们站着。

"需要我们和你们一起进去吗?"安德森先生说。

爸爸摇摇头,表情很严肃。"没事。"他说,"我猜,道奇·伊文思也看到报纸了。"

我和爸爸从皮卡上跳下来。我冲菲力克斯挥了挥手,他们转过街角,不见了。

我跟着爸爸沿着小路朝门口走去,就在这时,道奇·伊文思砰地推开门,站在了我们面前。我看见他手里拿着同一份报纸。

他把报纸丢到地上。"这个,什么意义都没有!"他咆哮着,"登在上面简直白瞎了这张纸。"他用脚踢了一下报纸,几页报纸飞了起来。

爸爸往后退了退,好让他过去,他用冷冰冰的眼神看着我。我以为他会直接走过,可是他却转过身冲着我说:"要学你妈妈救什么该死的海豚,嗯?"他的脸离我很近,汗水在他的额头上闪闪发亮。"看看她的下场吧。"他说。

"回家吧,道奇。"爸爸挤到我前面,"你赶快回家去吧。"爸爸的声音很平静,不过他的拳头握得紧紧的。

我想挤到爸爸前面去。我希望他安全,可是爸爸拦住了我。

"谁也别教我该做什么。"道奇喊道,"谁都不行!"

他转过身,快步朝他的车走去。他在人行道上吐了口痰,钻进车里,呼啸而去。

我和爸爸默默地站在飞扬的尘土中。

爸爸伸出双手搂住我。"别在意。"他说。

我靠在爸爸身上,和他一起走进屋里。我还是忍不住想,如果可能,道奇·伊文思会把整个大海,还有大海里所有的东西都掠夺干净。

贝芙姑妈站在水槽前,一只手放在肚子上。汤姆姑父走过去用一只胳膊搂她,可是她把他甩开了:"你没听我的话,是不是?"

汤姆姑父在桌旁坐下,两只手托着头。

"出什么事了?"爸爸问。

161

贝芙姑妈摇摇头，然后盯着她丈夫说："我告诉他不要签那个请愿书，可是他不听。"

爸爸看着他们两个人："贝芙，出什么事了？"

"他丢了工作。道奇刚刚解雇了他。"

爸爸拖过一把椅子，坐在汤姆姑父旁边："他不能这么做。"

"他当然可以。"贝芙姑妈没好气儿地说，"他是道奇·伊文思。他愿意怎么做就怎么做。汤姆，你早该知道的。"

汤姆姑父站起来，抓过一件外套，往门口走去。

"你去哪儿？"贝芙姑妈问道。

"出去。"他说，"我要呼吸点新鲜空气。"

他从我们身边挤过去，我听见前门砰的一声关上了。

"汤姆，我们需要钱！"贝芙姑妈从敞开的窗户冲着他的背影大叫着，"没有钱我们该怎么办？"

我也朝门口后退了几步。贝芙姑妈的心情不好。我以为她会开始冲我和爸爸大喊大叫，可她只是瘫坐在一把椅子上。她把几缕碎头发从脸上撩开，抬头盯着天花板。

"吉姆，我该怎么办呢？"她说，"我们连这个月的房租都交不起了。"

爸爸握住贝芙姑妈的一只手："贝芙，都会好起来的。你等着瞧吧。"

贝芙姑妈摇摇头。她的眼泪掉落在她高高隆起的T恤上，留下了一个个深色的圆点。

"我们养活不了你和卡拉了。"她说，"天知道，我们还能不能养活得了自己。"

爸爸点点头，和她坐在一起，握着她的手。"贝芙，你对我们已经很好了。"他说，"真对不起。"

我后退着走出厨房，转身爬上楼梯。黛西坐在最下面的一级台阶上，把泰迪猫玩偶紧紧抱在胸前。她的脸有点儿肿，眼睛红红的，含着眼泪。"我不想让你走。"她说着用两只胳膊搂住我。

我紧紧地抱着她。"好了，黛西。"我说，"卡尔今天早上把安琪儿放走了。"

"真希望我也能去。"她说。

我抚摸着她的头发。没带她去，这让我有些难过。可是我当时不能去问贝芙姑妈，否则她也不会让我去。"它找到它妈妈了。它妈妈在海湾里等着它呢。我们也救了珊瑚礁。"我说，"报纸上登了我和你的照片。黛西，我们出名了。"

黛西皱起了眉头："道奇·伊文思对这件事很生气。"

"我知道。"我忍不住想笑，"不过，其他渔民都站在我们这边。他们不会在珊瑚礁这里捕捞了。"

黛西摇摇头："爸爸说他不去，道奇·伊文思就是因为这个才大吼大叫起来的。"

"汤姆姑父说他不去干什么?"

黛西看着我。她的下嘴唇颤抖着说:"我听见他们在厨房里说话,道奇·伊文思反正要去。"

我的心脏咚咚直响。我仔细地看着她的脸。"去做什么?"我问。

黛西把泰迪猫玩偶紧紧抱在胸前:"道奇·伊文思说,他要在半夜涨潮时去捕鱼。他要拔掉海湾里的每一株珊瑚。"

第三十一章

"也没起什么作用,是吧?"我说。

我把一块硬脆的粉红色海团扇碎片在手里来回翻弄着,从上面脱落下来一小块,掉在了湿沙子上。每天都有大量的海团扇和珊瑚被冲到岸边来。禁捕令解除已经快一个月了,越来越多的拖网渔船从附近海岸来到这里捕捞。

菲力克斯把一颗小石子儿抛进海浪里。"爸爸听到当地渔民在抱怨,因为他们的篓子捕不到那么多龙虾和螃蟹了。"他说,镇上的海鲜市场不收购扇贝。"至少他们还支持禁捕。拖网渔船上的人不得不把他们捕到的扇贝拿到别的地方去卖。"

我摇摇头。"这只是暂时的。"我说。我知道汤姆姑父好不容易在另一条船上找了份工作,他很快也要去海湾里捕捞了。他不是唯一一个去拖网渔船上工作的当地渔民。爸爸听说,即使他们不去捕捞,附近海岸的其他渔民也会去那里捕捞。我盯着远处的大海。最近这几天海上风浪太大无法进行海上作业,大浪把残破的珊瑚礁冲到岸上来了。我不愿去想象现在的珊瑚礁是什么样子。它肯定遍体鳞伤,就像照片上被砍伐的热带雨林一样,只不过它在水下,人们看不到。

菲力克斯把帽衫上的帽子拽起来戴在头上。今天海滩上只有我们俩。云层低垂,掠过海岬和后面的小山。冰冷的雨从地平线上呼啸而来。

"不过,我们救了安琪儿。"菲力克斯说,"这还是有些意义的。"

"是啊。"我说,"希望我们还能再见到它。"

我们每天都在寻找海豚,可是自从放走安琪儿以后,我们再也没有见过它们。卡尔让我们只要看见海豚或鲸就记录下来。一天,他驾着海洋生物救援队的船带我们出海,我们看见了姥鲨,它们从水中划过船帆一样的黑色背鳍,张开巨大的白色嘴巴,过滤海里的鱼类。我们也看到了灰色的海豹,它们在暖洋洋的礁石上摊开肥嘟嘟的身体,在阳光下睡大觉。

"我觉得,我们今天在这里看不到什么东西。"菲力克斯说,"走吧,咱们去镇上弄点吃的。"

我站起来,拍掉手上的沙子:"你怎么老是吃啊吃的?"

菲力克斯咧嘴笑着说:"两个小时前吃的午饭。我都快饿死了。"

"我们可以在外卖窗口买点薯条,去莫娜的盖布底下吃。"我说,"地方不大,不过我们不会淋湿。"

"眼下那儿就可以。"菲力克斯咧嘴笑着说,"等我独自环球航行的游艇到了,我们就有更大的地方了。"

我哈哈笑着说:"这么说,你还是要参加下周的帆船赛喽?"

"没错。"他说,"上次我和爸爸绕过海鸥岩,然后返回,用了不到一个半小时。"

"还不错嘛。"我说。我还是挺佩服他的。我和爸爸驾驶莫娜航行最快的一次是一小时四十五分钟,不过我可不会告诉菲力克斯。他和他爸爸差不多天天驾着帆船出海。我在岸上见过他们。我也想和爸爸驾驶莫娜出海,就像以前那样。可是现在,就算他休班的时候也会找些别的事做。也许是因为他无法面对要失去它的现实。也许,他对我也是这种感觉。

我和菲力克斯从柜台上拿了薯条。我把我那包薯条塞进外套里,然后我们转弯走下长廊。小路上的鹅卵石被雨水冲得发亮,地上的青苔又湿又滑。菲力克斯挑着路慢慢走,我急匆匆地往前赶,想赶快躲到没有雨的地方。我听见他喊了一声,转过身,看见他跌倒在地上,膝盖磕在了坚硬的鹅卵石上。他的薯条也散落在了雨水汇成的小溪里。

我跑回去,跪在他身边:"对不起,我不该跑得那么急。"

我伸出一只手要扶他起来,可是他推开我,小声咕哝了一句。我想捧起些薯条,可它们早就变得软塌塌、烂糊糊的了。海鸥在我们身后来回踱着步,准备吃顿送上门的大餐。

菲力克斯自己爬起来,用一只手捶打着墙说:"有时候真的很讨厌自己这样。"

他的牛仔裤在膝盖那里裂开了口子，暗红色的血在磨破的牛仔布上洇开来。

他靠在墙上，把薯条袋子朝海鸥踢过去。"在海上，别人能做的事我也能做，就好像船是我的一部分。"他又捶打了一下墙说，"在那里，我是自由的。"

我点点头，因为我完全明白他的意思。莫娜也是我的一部分。它保护着我们，它是爸爸、妈妈和我的保护伞。

风从港口护堤那边吹过来。我把外套紧紧裹在身上，我的那包薯条紧挨着我的皮肤，热得发烫。醋和咸薯条的味道顺着我的衣领飘上来。"快走吧。"我说，"我这儿有很多。你可以和我一起吃。"我也很饿，迫不及待地想到莫娜的盖布底下，伴着波涛声吃薯条。

海港护堤上空无一人。我低头找莫娜。它的盖布已经拉开了，船上坐着两个人。即使隔着这么远，我也能看出他们是谁，是伊森和杰克。

我把菲力克斯留在海港护堤上，从梯子上爬下去，跑过浮桥码头。

薯片的包装袋和一个饮料罐被胡乱地丢在船上。"出去！"我大声叫道。

杰克和伊森交换了一下眼神。伊森抬起两只脚放在座位上。

我爬到船上:"从我的船上滚出去!"

杰克往前探了探身子,冲着我得意地笑了:"你很快就会发现它不是你的船了。"

我阴沉着脸看着他:"你这话是什么意思?"

杰克露出一抹奇怪的笑容:"你自己看啊。"

我四下看了看,所有东西都是老样子。我打开前甲板下的储藏柜,照明弹和工具箱还在,可是我们的毯子不见了,爸爸的渔具和红色的马口铁杯子也不见了。

我抬头看看杰克,他还在咧嘴笑着。"你爸爸没告诉你吗?我爸爸上周末买了这条船。"他看着我外套里露出的薯条袋子说,"你爸爸着急要卖了它。它就像薯条一样不值钱。"

我直愣愣地盯着他。这不可能是真的。

杰克使劲抿着嘴。他拿起前甲板下面储物箱的钥匙:"所以我想,应该是我说,从我的船上滚出去。"

我从船上退出来,爬上梯子。我把薯条塞到菲力克斯手里说:"我得走了。"

我一路跑回贝芙姑妈家。

贝芙姑妈正在边看电视边熨衬衫。

我站在她面前,问道:"我爸呢?"

贝芙姑妈想绕过我看电视:"他出去了。"

我关上电视:"去哪儿了?"

她把熨斗竖起来放下,一只手叉着腰:"卡拉,你这是干吗呀?"

"他把船卖了,是不是?"我使劲忍住眼泪,"他把莫娜卖了。"

贝芙姑妈弯下腰,从墙上拔下熨斗的插头:"卡拉,坐下。"

我没坐:"他把莫娜卖给道奇·伊文思了。"贝芙姑妈想伸手摸摸我的胳膊,不过我避开了。

"他是不敢告诉你。"

我一声不吭地盯着她。

"卡拉,别生他的气。他只是想重新开始生活。老天爷,他真的需要重新开始了。"

"他在哪儿?"我说。

贝芙姑妈摆弄着衬衫上的扣子:"他今天去埃克塞特了。"

"埃克塞特?!"爸爸没跟我提过这事,"为什么要去埃克塞特?"

贝芙姑妈深吸了一口气。"我不应该告诉你这些。"她说着把衬衫弄平整,把衣领弄挺,"他去参加面试了。别问是什么工作。他都不肯告诉我。不过他说,他这么做是为了你。"

我上楼走进房间,蜷缩在羽绒被里,周围一点儿声音都没有。我真不敢相信,我们已经失去莫娜了。莫娜不是我们的了。

那个包裹在爸爸、妈妈和我周围的保护伞破碎了,好像再也没有什么能保护我们了。

第三十二章

我和菲力克斯坐在公园转椅的木板上,任由雨水淋湿我的牛仔裤。尽管现在是夏天,感觉却像寒冷的冬天。天空低沉,狂风使大海成了一团不断翻腾的灰绿色。大多数渔船都返航了,而道奇·伊文思家的还没有。他家的拖网渔船还在远处的大海上。

我发现爸爸卖掉莫娜已经一个星期了。我鼓不起勇气跟他说话,反正这些天他也没跟我说话。我已经没有妈妈了,现在又没有了莫娜,好像我也要失去爸爸了。他都没跟我提去埃克塞特的事,我也不打算问他。反正我也改变不了什么。小宝宝随时可能出生,我和爸爸得找个别的地方住。

我蹬着地让转椅转着圈:"你还参加明天的帆船比赛吗?"

"如果没取消就参加。"菲力克斯说。

"我希望你能赢。"我说,"你应该赢。"

他把连帽衫的帽子往后一推:"我问我爸你明天能不能代替他和我一起航行,可是他说,我还没准备好。"

"谢谢。"我笑着说,"不过我觉得,你爸爸也想和你一起参加这个比赛。"

我的脚蹬得更快了,山和大海仿佛在我们周围不停旋转。

"你知道我爸爸给我找的那个航海教练吗?"菲力克斯说。

我点点头:"你们和他出海的时候,我看见过。"

菲力克斯用他那只正常的手紧紧抓住转椅:"他想让我参加残奥会帆船队的青少年训练队。"

我猛地把一只脚踩在地上,转椅吱呀一声停下来。"你开玩笑的吧!你怎么之前没告诉我呢?这可太棒了,菲力克斯。棒极了!"我说的是真心话。

他看着我认真地说:"其中一个比赛项目的参赛运动员可以是一名残障运动员和一名健全运动员。你能和我一起参加吗?"这个问题让我吃了一惊。除了莫娜,我从来没有驾驶过别的船。

"我们会是个很棒的团队。"他说,"我们不会吵架……嗯,不会吵得太厉害。"他咧嘴笑了:"我们可以在这里训练,就在这个海湾,用我的船训练。"

我盯着地面。我很愿意能有个重新驾船的机会,我特别愿意和菲力克斯一起参赛,可是我知道,爸爸在埃克塞特找到了工作。很快,我们就会远远地离开这里。我摇摇头。"我不知道,菲力克斯。"我说,"我觉得这行不通。"

"可是,卡拉……"

"别说了!"我没好气儿地说。我站起来,走到公园的篱笆前。从这里能清楚看到海港里全都是躲避暴风雨的船只。

远处,道奇·伊文思家的拖网渔船高耸在地平线上。也许,远远地离开这儿会更好。看着道奇·伊文思在海湾里驾驶莫娜,我会受不了的。菲力克斯靠在我旁边的篱笆上,我们看着拖网渔船从起伏的大海上返航,就像外出捕猎回来的狼群。一群海鸥跟随着它们的尾流,在灰色天空的映衬下闪闪发亮。我想,拖网渔船这一次应该是满载而归了。

"对不起,我吼你了。"我说。

"考虑一下吧。"菲力克斯说,"答应我,考虑一下好吗?"

我点点头,把两只手使劲塞进衣服口袋里:"我得走了。贝芙姑妈等我回去吃午饭呢。"

我和菲力克斯一起走过游乐场。在公园门外,我们差点儿撞上跑过来的亚当和他弟弟乔,亚当停在我们面前,手扶在膝盖上,大口喘着气说:"你们看见了吗?"

"什么呀?"我问。

"大白鲨。"亚当说,"我爸爸听说道奇·伊文思的渔船捕到了一条大白鲨。"

我摇摇头。乔拉起亚当的胳膊,他们朝海港方向跑去。我真不敢

173

相信,道奇·伊文思居然捕到了一条大白鲨。在附近水域是抓不到大白鲨的。他很可能抓到的是一只姥鲨。我知道,姥鲨能游到十几米深的水域来。不过我心里还是有些拿不准,因为有时候,我们这里会出现从靠近热带的海域冲过来的棱皮龟。"我们要不要去看看?"我问菲力克斯。

菲力克斯耸耸肩:"你能受得了再见到杰克吗?"

"待不了多长时间。"我说,"我敢打赌,那儿有好多人呢。"

我和菲力克斯到海港的时候,有一小群人已经聚集在道奇·伊文思家一艘拖网渔船附近的码头上了。我们走过海鲜市场,从入口挂着的透明塑料门帘往里看,装满鱼的黄色箱子一排一排地摆放在水泥地上。两个渔民正开怀大笑,这一趟出海收获不小。我四下看了看,想找到菲力克斯,可是杰克突然站到了我身边。"嘿,卡拉。"他说,"你见过大白鲨吗?"

他一副得意扬扬的样子,不过他的声音里不仅仅是炫耀,还有些别的什么。

我越过他,看向那群人。

我看见有个什么东西躺在地上,一排排的腿挡住了它。

我想挤过去,可是克洛伊忽然来到我旁边,要把我拉走。

我又听见杰克的声音了:"过来看看我爸爸的渔船捕到了什么。"

克洛伊更用力地拉着我。"别看。"她的眼睛红红的,含着眼泪,

"卡拉,来吧,咱们走吧。"

我忽然不想待在这里了,因为我知道,杰克·伊文思想让我看的不是大白鲨。我想转身离开,可是我做不到。在人们的腿中间,我瞥见了它:一个光滑的、灰色的东西。

我看见菲力克斯在人群的另一边。他看上去很难受,脸色苍白。

头顶上方,一只海鸥在尖叫。

我从人群里挤了进去。那不是大白鲨,也不是姥鲨。在血迹斑斑的水泥地上,一只灰色的海豚一动不动地躺着。它的眼睛空洞地看向铅灰色的天空。顺着它后背光滑的曲线,我看到了它的背鳍和背鳍底部一道深深的 V 形伤口。

我往前一栽,跪在了地上,嘴里是一股酸苦的胆汁的味道。

安琪儿的妈妈死了。

第三十三章

我跑啊跑,一直跑到小海湾才停下来,瘫坐在松软的白沙滩上。几道鲜红的血顺着我的胳膊滴进水里。我没感觉到金雀花和荆棘已经划破了我的皮肤。我必须到这里来,我必须得逃走。我躺下,水在我四周打旋儿,浸湿了我的牛仔裤。我头枕着沙子,闭上眼睛。那个念头又一次淹没了我:它死了。它那空洞的眼睛和破碎的脸印在了我的脑海里,我没法儿赶走它们,无论多么努力也做不到。好像我自己的一部分不见了,妈妈贴近我的那一部分现在也不见了。

我把额头抵在湿沙子上,手指戳进沙子里。这里很隐蔽,只能听到奔腾着的海浪声和沙沙的雨声。

"噗——"

我坐起身。

我又听见了海豚呼吸的喷气声。是安琪儿来了,它白色的背鳍在水中划过。它回到了这里,回到我第一次发现它的小海湾来找它的妈妈。可是,这一次它妈妈不在这里,只有我。我蹚着水往海里走,水漫过了我的腰和胸膛,我能感觉到牛仔裤变得越来越重。我又看见它了,就在离我不远的地方。它的眼睛是淡淡的粉灰色,皮肤是珍珠白色。它发出一串口哨儿声和咔嗒声,好像是在呼唤它的妈妈。我伸手去抚摸它,可是它快速游走了,消失在水下。我蹚着水往更深处走。海浪翻腾着把我抬起来,水没过了我。

"卡拉!"

我转身看见菲力克斯和他爸爸站在悬崖顶上。

"卡拉,快上来!"安德森先生喊道。他冲我挥动着两只手。

我走到海滩上,又往身后看了一眼,小海湾里空荡荡的,安琪儿不见了。

等我爬到悬崖顶上,安德森先生把我拽上去,用他的外套裹住了我。我觉得很冷,一直冷到了骨头里。我双手发青,手指苍白。

"卡拉,我们带你回去。"他说。

我回头看着小海湾:"我们不能离开它。它现在需要我们,它只有我们了。"

"我得把你送回家。"安德森先生说,"你爸爸都担心死了。他也在外面找你呢。"

安德森先生领着我来到栅栏那边的小路上。我连步子都迈不开了,菲力克斯也在烂泥里挣扎。

"你们俩在这里等着。"安德森先生说,"我去开车来接你们。"

我靠着石头墙滑下去,躲开了冷风,背靠着高草,双手抱着膝盖。

菲力克斯坐在我身边,他把帽子拉起来戴在头上:"镇上的人对道奇·伊文思做的事很生气。"

"那也改变不了什么。"我说着揪了一把草,在手上一圈一圈地缠着。爸爸是对的。如果不能让所有的渔民都站在我们这边,那我们就救不了珊瑚礁。像道奇·伊文思这样的人,不管是谁,不管说什么或做什么都没办法让他改变想法。我想知道,他还要失去多少才能明白,我们将会一无所有呢。

我把湿漉漉的草籽穗儿揪下来,弹向空中。安德森先生的车前灯透过细雨照在我们身上。

菲力克斯费劲地站起身,把手伸进口袋里:"我说不准该不该给你看这个。我跟爸爸说我不会给你看。可是我想,如果我是你,我会想知道。"

"什么?"我说。

菲力克斯拿出一个白色信封。"那个存储卡上还有些别的东西。"他说,"我爸爸查了一下。他联系了一些人。"

"是什么,菲力克斯?"

菲力克斯站在我面前,把信封塞到我手里:"藏起来。别让我爸爸看见。"

我感觉到心脏撞击着胸膛:"你之前怎么没告诉我呢?"

"这可能会帮你弄明白一些事情,就是这样。"

车在我们旁边停下来,安德森先生说:"你们俩快点上车。"

车子在小路上颠簸着往前开,我们都一声不响地坐着。我把信封紧紧贴在胸前。

信封里面放着跟妈妈有关的东西。也许,这是能找到她的关键所在。

我忍不住想知道里面会放着什么样的秘密。

第三十四章

我已经是第一百次盯着这张照片看了。照片中的妈妈蹲在潜水装备旁边,头发别在耳后,脸上的表情十分专注。我原来见过她检查潜水装备,她会在脑子里过一遍安全检查的清单,这时候想跟她说话根本不可能,她会屏蔽一切,沉浸在她的工作中。照片上是一个外国港口,背景是一排排棕榈树。一条集装箱船的船尾占据了背景的左半边,右半边是繁忙的港口,停靠在码头边的轮船和吊车一直延伸到远处。妈妈的身边摆着好几个帆布背包和纸箱子。我看见她的背包也在里面。影子拉得很长,所以,照片肯定是在大清早或者是傍晚拍的,我说不准。我都能想象出,她转过脸来看我的样子。

"卡拉!"

我忙把照片塞回枕头底下。我整晚都枕着它睡觉,不想让任何人知道。

"卡拉。"贝芙姑妈又喊了一声,"菲力克斯来了。他想知道你去不去参加帆船比赛。"

我下楼,走进厨房。客厅里传来嘈杂的动画片的声音,我猜黛西也在躲着她妈妈。

菲力克斯站在门垫上,我走过去把他拉进门厅。"我以为你不去参加帆船比赛了。"我说,"你没听说比赛取消了吗?暴风雨就要来了。"

菲力克斯耸耸肩:"我知道,可我想看看镇上有什么事。你想去吗?"

我点点头:"我去穿鞋。"

我从门厅里的鞋架上拿下凉鞋。"我要和菲力克斯到镇上去一趟。"我喊了一声。

贝芙姑妈靠在门框上,看着我系鞋带。"卡拉,带上黛西。我今天有好多事要做。"她从微波炉上的铁盒里拿了些钱,"给你十镑,可以给每个人买个热狗。"

我把钱塞进口袋,和菲力克斯沿着海边往前走。黛西跑在我们前面,轰得海鸥飞了起来。

"你看了吗?"菲力克斯问。

我点点头。

"照片是在霍尼亚拉[①]拍的,"他说,"那是瓜达尔卡纳尔岛上的一

[①]所罗门群岛的首都和主要港口,位于瓜达尔卡纳尔岛的北岸。

个港口。在你妈妈失踪的那天晚上,在太阳快要落山时拍的。"

我很高兴菲力克斯告诉我这些。

"你怎么弄到的?"我说。

"存储卡上有一个叫霍尼亚拉的文档,里面有酒店、租车行,以及潜水中心的地址。我爸爸的一个同事去那里办事,帮我们做了调查。他在当地一家报纸的档案里发现了这张照片。"

我停下来,转身看着菲力克斯:"那我们怎么从来没见过这张照片,在当时的调查材料里怎么没见着呢?"

菲力克斯耸耸肩:"爸爸的同事说这件事最终没被当地报道。这是负面宣传,对旅游业不利。"

我靠在栏杆上,凝望着大海。这张照片能证明,妈妈在失踪前的最后一晚去潜水了,可是照片上看不出发生了什么事。也没有线索能知道她去了哪里,为什么去。

尽管空气温暖又潮湿,可海滩上没有人。从大海深处涌起的海浪让平静的海面泛起了涟漪,海面就像仿古玻璃一样。杂货店房顶上的旗子松松垮垮地垂着。一排排海鸥站在房顶上和烟囱的管帽上,还有海边的护堤上。整个天空似乎在朝我们压下来,风暴眼就在我们头顶上方。这是暴风雨前的平静。

黛西跑回来,拉起我的胳膊。"快点。"她说,"咱们到镇上去吧!"

我们从悬挂在房子和商店之间的彩旗下走过。爸爸在快乐美人鱼的外面收拾盘子,他微笑着向我们挥手,我也冲他轻轻挥了挥手。广场上有几个货摊和游戏摊位。我买了热狗,和菲力克斯、黛西坐在广场上的一张长椅上吃了起来。我把买热狗剩下的零钱给了黛西,看着她跑去玩钩鸭子的游戏。

她把钱全花光了才回来,扑通一声坐在了我们旁边,手里拿着一只毛绒鸭子和一包软糖。

"送你回家吧。"我说。

我们沿着海港上面的路走向海滨。微风掀起了我的衣角。

"感觉到了吗?"我说。菲力克斯点点头。

我看向杂货店房顶上的旗子,旗子的边沿卷曲飘动起来。有风从西边吹来。乌云在奶白色的天空展开。一股凉意顺着我的脊梁骨蹿下去,我的胳膊和大腿上都冒出了鸡皮疙瘩。一场风暴正在赶来,我们正好就在它的必经之路上。

我们拐进了一条通向海港的窄窄的带台阶的小路,小路夹在旧农舍之间。

"嘿!木头!"

我往身后瞥了一眼。杰克和伊森走下了台阶。

黛西抓过我的手,紧紧地握着。

"嘿,卡拉。"杰克大声喊道,"你听说我要搬家了吗?"

我们继续往前走,可是杰克和伊森赶上了我们。菲力克斯正费劲地对付着这些台阶——在下坡下到一半的地方就没有扶手了。

"我爸要买一栋建在山坡上、能看得见海湾的豪宅。"杰克说,"花园很大。他还说要给我买辆摩托车。"

我没理杰克。

"爸爸说,他要叫它贝壳屋。"杰克说,"你知道为什么,是吧?我们要用从海湾里捕来的扇贝赚的钱买这座房子。"

我想继续往前走,可是菲力克斯还没下完台阶。我知道他不想让我帮他,所以我就在旁边等着。他努力在台阶上保持着平衡,脸上带着专注的神情。

"可惜帆船比赛取消了。"杰克说,"我觉得吧,你会很高兴看到我驾着莫娜参加比赛。"

"你根本不会驾船。"我说。

"我和伊森原来驾过船。"杰克笑着说,"没那么难。"

"你们不就是在学校划过几个星期的小艇吗?"我说。

"如果他都行的话,那就没什么难的。"杰克朝菲力克斯那边偏了偏头,"他连路都走不好。"

伊森爆发出一阵大笑。我感觉菲力克斯有些焦虑不安。

"我要和你们比赛。"杰克说,"我们驾驶莫娜,你们驾驶你们那条破船。我们可以让你们先出发。"

我转头看着杰克。"今天没有帆船比赛。"我说,"暴风雨就要来了。"

杰克的头往后一仰,大笑起来:"好像我害怕暴风雨似的。"

我转过身,再争论下去也没什么意思。

杰克迈开大步走了:"快点,伊森。你想绕着海鸥岩兜一圈吗?"

我看着他们转过街上最后一栋房子,不见了。

"他们不会去的。"我说,"是吧?"

我们刚到达海港,大滴的雨点就从空中落了下来,打在人行道上,在浅色的水泥路面上留下了深灰色的圆点。雨点重重地打在我的头发上、衣服上。天空差不多变成了黑色,海上翻滚着巨大的绿色海浪。

"我真不敢相信!"我指着下面的浮桥码头。杰克和伊森在莫娜上。他们已经把舱盖布从张帆杆上掀开了,正在拉起主帆。

"他们疯了!"菲力克斯说。

"如果道奇·伊文思知道杰克要去出海,他会大吃一惊的。"我说,"快点,我们得拦住他们!不光是为了他们,也是为了莫娜。他们这么干会毁掉它的。"

我顺着梯子爬下去,黛西跟着菲力克斯从滑行台上走下去。等我来到莫娜跟前,杰克和伊森已经把主帆和三角帆升起来了。一股强风鼓起船帆,把张帆杆甩了出去。

"杰克,别犯傻!"我大声喊着。

可杰克只是哈哈大笑着伸出手去试了试风。"只不过是夏天的小风而已。"

不过,杰克的眼睛里除了吹嘘的神色外还有些异样,那是恐惧,好像他走得太远了,已经回不来了。

我把莫娜拉近了些,船的碰垫碰撞着浮桥码头。

"杰克,别这样。"我说,"你爸爸已经失去了艾伦。他不想再失去你。"

杰克直愣愣地盯着我。雨点不断落下来,在水面上砸出一个个小坑。雨下得越来越急,很快我们之间就隔了一道雨帘。我都看不清他的脸了。他解开莫娜,用一支船桨把船撑离了岸边。伊森坐在舵柄旁。莫娜滑过水面,撞在了一只小游艇上。杰克又一次把莫娜撑离了码头,把船头对准了港口的出口。船蹭到了海港护堤上,我听见船体被撕裂的声音。杰克在莫娜驶出海港前向后看了一眼,直到这时,我才意识到杰克和伊森根本就没带救生衣。

"我们得拦住他们。"我说着四下看了看,海港护堤上一个人都没有。雨把大家都赶走了。"咱们开我的船吧。"菲力克斯说着弯下腰,开始解盖布。

"别去。"黛西说。

我看着她。她全身都湿透了,冷得发抖。我跪在她旁边,双手握着她的手。"黛西,勇敢点,去找我爸爸。他在快乐美人鱼。告诉他发生的事,让他给海岸巡逻队打电话。"

"求你了,卡拉,别去。"她瞪大了眼睛,眼里噙着泪水。

"我必须去。"我说。

"你会失踪的。你不会回来了。"

我搂着她,我想知道妈妈离开的时候是不是也有这种感觉。"我会小心的。"我说,"我会回来的,我向你保证。"

黛西推开我,说:"我和你一起去。"

"黛西,你不能去。"我求她说,"这对你来说太危险了。"

菲力克斯停下了手里的活儿,抬起头。"黛西,"他说,"得有人给海岸巡逻队打电话。我们到了海上需要有人帮忙。"

黛西看着他。我看见她的下嘴唇在颤抖。

"现在,我需要那个神仙教母,黛西……"菲力克斯说,"……她可能就是那个能救我们的人。"

黛西的脸上闪过一丝笑容。她点点头,擦掉脸上的泪水:"我现在就去。"

我目送她跑过浮桥码头。我知道,我不应该让她离开我的视线。如果她掉进水里,或是过马路的时候被撞了怎么办?我努力把这些念头从脑海里赶出去,过去帮菲力克斯爬上了船。

菲力克斯开始升起主帆。"穿上救生衣。"他喊道,"我这儿有两件。"

"等等。"我大声说。我跑过浮桥码头,爬上一条观光小船,掀起其中一个长条座椅,从下面抽出两件救生衣——一件是给杰克的,另一件给伊森,然后跑回菲力克斯身边。我们必须在他们离开海岬的保护之前拦住他们。我穿上救生衣,爬进船里,帮菲力克斯穿好他的救生衣。

"咱们走吧!"菲力克斯大声喊道。

我解开缆绳,把小船推离岸边。菲力克斯驾驶着船通过港口护堤中间狭小的出口,来到了外面的大海上,来到了灰绿色的大洋涌浪中。

第三十五章

涌浪翻滚而来,拍打着港口护堤。我能感觉到海浪的威力,浪花撞击着小艇,船身嘎吱作响。杰克和伊森已经离我们很远了。莫娜扬起了满帆,在水上倾斜得很厉害。

菲力克斯把船帆收起了一截,可船还是向一侧倾斜,我坐在船的另一侧,探出身去努力让船保持平衡。我很庆幸他的船上有块很长的中插板,这样不太容易翻船。我看了一眼菲力克斯,他表情专注,五官都皱在了一起。海岬笼罩在无边无际的雨帘中。在昏暗天空的映衬下,淡灰色的海鸥岩若隐若现。在海岬另一边的海面上,涌动着白马一样的浪头。那边有洋流,风也很大。小船根本无法靠近,我不知道救生船要多久才能赶到。

"在遇到那些海浪之前,"菲力克斯喊道,"我们必须再收起一截船帆。"

他让船逆风航行,我紧紧靠在桅杆上,把主帆收起一截。我叉开两只脚站着,试图让自己在翻滚的海浪中保持平衡。菲力克斯说得没错,我们不能冒险把船帆张得太大。

菲力克斯收起一截三角帆,我坐回座位上。风更大了,海浪也越来越大。

我们被冲进了海岬外面的破碎波里。第一个海浪打进船里来,水没过了我的腿和腰,我猛吸了一口气。我们没有潜水服,也没有暖和的衣服。这一瞬间,我觉得跟着杰克来到这里简直太蠢了。前方,海浪的撞击让莫娜偏离了航线,我看见它颠簸摇摆着偏向一侧。尽管我们的船帆张得比他们的要小,我们还是快赶上莫娜了。

杰克和伊森在拼命控制着船。三角帆耷拉下来了,我看见伊森整个人都压在了舵柄上。莫娜往下一沉,继续往前行驶。他们要让莫娜转个弯,才能从海鸥岩绕过去。也许是因为他们不敢往海里去得太远,又或者他们对转弯判断失误,伊森让莫娜在风中转了向,我看见莫娜猛地转过了礁石。

杰克从莫娜的一侧船舷上探出了大半个身子,手里攥着主帆的绳子。我还没来得及冲杰克喊一声。风一下子把帆吹了过来,帆脚杆荡过来,在空中嗖地一下划过,我知道杰克躲不过去。只见他往后一仰,在大海上荡出一条高高的弧线,随即落入海中。他的两只胳膊在泛起泡沫的海浪里胡乱挥舞了几下,就消失在了海浪中。

"杰克!"我尖声叫道。

菲力克斯也看见了。他朝莫娜驶去,紧靠着悬崖航行。迸溅的海浪飞沫像瓢泼大雨一样浇在我们身上,悬崖底部弹回的泛着泡沫的绿色海水和珍珠白色的浪花淹没了我们。小艇左右摇摆,船帆都快拍到水面上了。

我拨开挡住眼睛的湿头发寻找杰克。我抓着桅杆,跪着挺起上身,好能看得更清楚些。"他不见了!"我大声喊道,"他不见了!"

"咱们得继续前进。"菲力克斯大声说。

我们离海鸥岩太近了。如果长中插板断裂的话,我们就完了。菲力克斯驾驶着小艇朝伊森和莫娜开过去,我探出身子帮小艇保持平衡。我又回头看了一眼海鸥岩。我想从这场噩梦中醒过来。我不敢相信杰克不见了。

突然,我看到他的头露出水面,胳膊在胡乱拍打着。

又一道海浪打了过去,他再一次消失了。

"他在那边。"我大声说。海浪上涌形成了浪峰,在礁石附近卷起来。杰克的头又冒出了水面。他在半空中抓挠了几下,就又沉下去了。

"我看见他了。"菲力克斯大声喊道。

他把小艇掉转方向朝杰克驶去。我们从海浪上下来,驶进海浪间的谷底,又爬上海浪的另一侧。我低头看向水里,我又看见杰克了。他悬浮在我们下面,衬衫在他身体周围鼓起来,他双臂张开着,好像正在水下飞翔。

一个海浪把杰克推上来的时候,我伸出手一把抓住了他的衬衫,然后我俩一起跌进了船里,胳膊腿乱七八糟地纠缠在一起。有那么一瞬间,我好像看到海浪下有一道白光闪过,有什么东西把杰克往空中托举。我又看了看,可只看到了海水泡沫形成的白色旋涡。

"咱们离开这里吧。"菲力克斯大声喊道。

又有一个浪翻滚着打过莫娜,伊森紧紧抓着莫娜的桅杆。空中乌云密布,分不清哪里是海,哪里是天。菲力克斯让小艇靠在莫娜朝向深海的那一侧。我帮杰克穿上救生衣。他死沉死沉的,血顺着他的额头往下流。我抓过另一件救生衣,爬到莫娜上去找伊森。

"回岸上去吧。"我对菲力克斯大声喊道,"把杰克带回去。我驾驶莫娜带伊森回去。"

又一个海浪把我们托举起来,两条船撞在一起。我猛地推了一下小艇。

"快走吧。"我大声喊道。

菲力克斯把小艇的中央控制杆往前一推,随着吹向港口的风开走了。一阵狂风掠过大海,撞击着我的后背。我目送菲力克斯和杰克消失在滂沱大雨中。

我觉得心里沉甸甸的。我不知道还能不能再见到他们。

第三十六章

"卡拉!"

伊森跌跌撞撞地挪到我身边,紧紧抓住我的胳膊。他脸色煞白,浑身颤抖。他穿上救生衣,笨手笨脚地系上带子。

莫娜在海浪中浮起来,又沉下去。船进水进得很快,向一侧倾斜得很厉害。又一波海浪灌进了船里,我和伊森脚下打滑,挣扎着,海水的泡沫在我们周围打着旋儿。

我害怕极了,大脑一片空白。我得想想。绳子和松掉的船帆纠缠在一起,摊在前甲板的水里。我现在明白莫娜为什么一直在水里倾斜了。杰克和伊森解开了大三角帆。它在船下面弯曲变形,变成了水下降落伞,把我们朝礁石的方向拖拽。

"帮帮我!"我喊道。可是伊森一动不动,他只是抓着桅杆站在那里。我试着拉了几下绳子,根本拉不动,帆浸在水里太重了。

"伊森!"我尖声叫道,"刀子!在储物柜里。"

伊森跌跌撞撞地走到前面,从储物柜里往外掏东西。他从工具箱里找到了一把短刃刀,朝我探过身来。我接过来,来回割着大三角帆的绳子。绳子割断了,帆翻腾着漂走了,像一只逃回大海的水母怪。

风越来越大,海浪像覆盖着白雪的山顶,像移动的巨大山脉越升越高,空气中满是飞溅的泡沫。我现在唯一的希望就是驾船离开。我撑起主帆,拉着伊森一起打着滑回到舵柄那里。

"就和我待在这后面。"我大声说。

风鼓起船帆,帆绷得很紧,我感觉到莫娜在破浪前进。

"卡拉!"伊森大声叫着。

我看到他身后有一堵墨绿色的水墙在不停地涨高。是畸形波,比其他海浪都高。

一切都慢下来了。

莫娜艰难地向上驶进海浪里,它爬上了海浪陡峭的一侧。海浪在变化,浪峰顶端溢出一道泡沫。莫娜挣扎着向前,可是海浪又向里弯曲,开始坍塌。莫娜撑不住了。它的船头在空中扭转,绿色的海浪从我们上方打过来,瞬间裹住了我们。这一刻定格在了我的脑海里。莫娜侧翻了,感觉像是有上千吨的水从我们身上涌过,要把我们推下去。

我抓住伊森,把他拉到一个座位下面。莫娜翻滚着,周围一片漆黑。海水冲进来,填满了小船。水在四周轰隆作响,在呼啸的风和海浪中间,我听见了撕裂的声音,像一声枪响劈开了海水。

莫娜又翻过来了,我和伊森冲到水面上透气。莫娜的桅杆倒了,被下面的礁石撞断了,锯齿状的那头像折断的棍子,不过船帆上的绳子还系在上面,绳子把莫娜固定在了礁石上。海水在我们的周围翻滚着。莫娜的船体减弱了海浪的冲击力,保护了我们,每一道海浪都重重地撞击着它,把它推向悬崖。我能感觉到它的龙骨在摩擦着下面的礁石。

"信号弹!"我大声喊着,"在前面的储物柜里有一颗信号弹。"

我把信号弹从储物柜里抽出来,想看看使用说明,可是信号弹湿透了。我只希望它还能用。我从来没用过信号弹。一个海浪打过来,我往后一倒,撞在了硬硬的座位上。我拉掉信号弹的环扣,朝向天空举着它。一开始什么都没有发生,接着一道光从信号弹里蹿出来。我看着它旋转着升向空中,然后停在我们上空,亮红色的信号在暗空中发出耀眼的光芒。

又一波海浪把我们撞向礁石。一根支撑桅杆的金属支索从木头上被撕扯下来,擦着伊森的头飞了过去。

"蹲下!"我大声喊道。

伊森打了个趔趄,朝我冲过来,我们俯下身子,蹲在座位底下。狂风的呼啸声中夹杂着木头碎裂和金属剐蹭的声音。我感觉到船体摩擦着礁石,我知道,莫娜的龙骨快要被扯走了。我们是靠龙骨保护着,才没被抛向悬崖的。

海浪持续撞击着我们的船,我和伊森躲进座位下面更靠里的地方。现在我们什么都做不了,也没地方可去。伊森抓着我的手,我也紧紧握着他的手。耳边回荡着砰砰声,我甚至分不清是海浪的撞击声,还是我的心跳声。

直到一束光打下来,照在船上。

"直升机!"伊森大声叫着。

我们急忙爬出来,挥着双手。光束锁定了我们,在我们头顶上,有一架直升机在狂风中摇摆。

"我们离悬崖太近了。"伊森大声说。

一个人朝我们降下来,在灯光下我只能看到他的轮廓。他从绳子上降下来,双脚嗖地闪过我们的头顶。我低头躲过去了,伊森却扑到了他的靴子上。他又往后一荡,落到了船里。就在海浪快要将我们淹没的时候,他把一个安全吊带扔过去套住伊森,又一把抓住了我。我们从船舷的一侧跌进了泛着泡沫的海里。海水冲进了我的嘴巴和鼻子里。绳子拽紧了,我们升到了水面上,升到了半空中,风吹得我们一圈一圈地转。我低头看到莫娜在下面很远的地方。

我想让它也和我们一起升起来,我想带它也离开那里。可就在这时,海浪打过去,把它翻起来撞在了悬崖上。在海水和泡沫形成的旋转的万花筒中,莫娜唯一剩下的只有扭曲的金属零件和飞溅的木头碎片了。

第三十七章

"你救起其他人了吗?"我大声问。

救援人员想让我躺在担架上,不过我又坐了起来:"你救起他们了吗?你救起菲力克斯和杰克了吗?他们在另一艘船上。"

他冲着话筒说了些什么,然后扣紧头戴式耳机,好能听见对方说话。

"他们往哪个方向去了?"他问。

"港口。"我大声喊道,心里充满了恐惧。如果已经发现他们了,他会告诉我的。

他又冲着话筒说了句什么,然后直升机改变了方向。

"我们带你们去镇上,给你俩叫辆救护车,然后再回来找你的朋友们。"他大声说。

我已经失去了莫娜,可这和失去菲力克斯,甚至失去杰克比起来,真是算不了什么。伊森什么都没说。他盖着毯子躺在担架上,双眼紧闭。我裹着毯子,从开着的机舱门往下看向大海,我希望能看到菲力克斯那艘小艇的白色船帆在海浪中掠过。可是,大雨弥漫到天际,我们裹在一团云里,什么都看不到。

我们降落在镇外面的运动场上的时候,我的耳朵嗡嗡作响。街灯发出昏黄的光,一辆闪着蓝色灯光的救护车沿着环镇公路朝这边开过来。救援人员帮我们下了飞机,领着我们躲过旋转的直升机桨叶,朝前走去。

我看见爸爸在雨中飞奔过来。

"卡拉!"他用双臂抱住我,把我拉进他的怀里。我感觉到他温暖的呼吸。我抬头看他,只见他抽泣得脸都皱成了一团。

"卡拉!"

一只手抓住了我的肩膀,我回头一看,是菲力克斯的妈妈。

"菲力克斯呢?"她的头发粘在脸上,睫毛膏化成了长长的黑道道。

安德森先生和道奇·伊文思也在。

道奇·伊文思蹲在我身边,他的眼睛里满是惊恐:"我儿子呢,卡拉?我儿子呢?"

我最后看见杰克的时候,他四仰八叉地躺在小艇上,正咳嗽着往外吐呛进肺里的海水。

"他们在菲力克斯的小艇上。"我说,"往港口那边去了。"

一道闪电划过天空。菲力克斯的妈妈抓住我的胳膊。

"他们这会儿可能已经回来了。"我说。这是个疯狂的、不可能实现的想法,不过也许他们能做到。也许,菲力克斯已经带着杰克安全回来了。"我们过去吧。"我说。

他们好像刚从梦中惊醒一样。"快走吧。"安德森先生说,"坐我的车去。"

爸爸给我裹上他的外套,说:"卡拉,你得让医生检查一下。"

"我没事。"我挣脱开,跑着追上菲力克斯的爸爸妈妈,我们都挤进了车里,爸爸、道奇·伊文思和我坐在后排。

安德森先生把车停在港口旁的人行道上,我们争先恐后地下车,跑到港口边。杂货店房顶上的旗子在风中猎猎作响,一排排游艇的桅杆在强劲的风中发出呼啸声。我在港口里搜寻着。渔船都停在港口里,在深水停泊处一字排开。游艇和摩托艇靠着浮桥码头停着,很安全。我看到了莫娜原来停靠的地方,我再一次意识到,它不在了。

我再也看不到它了。

可是港口里没有小艇,也没有菲力克斯和杰克的影子。

浪花越过海港护堤,洒落在一个看向大海的人身上。是潘露娜小姐,她的黑色斗篷和长发在风中飘动着。我爬到她身旁更高一点儿的岩壁架上。她伸出手抓住我的手,但是目光并没有从海上移开。

菲力克斯的爸爸妈妈和道奇·伊文思也来到了我们旁边,倚靠在高高的护堤上,凝视着远处的海浪。闪电划过,一声响雷惊破长空。在风浪的推动下,海潮比平时更高,巨浪翻腾着、碰撞着。护堤边站满了观看风暴的人。

直升机轰鸣着从我们头顶飞过。"他们会找到菲力克斯和杰克的。"爸爸大声说。

可我想知道怎么找到他们,瓢泼大雨中,我们根本什么都看不到。

海浪滚滚而来,一个接一个,就像一座座移动的大山,浪花从"山顶"飞溅下来,就像被风吹落的雪花。我都怀疑莫娜是不是真在这样的风浪中航行过。

道奇站在护堤上。"儿子!"他大声喊着,可是,狂风把他的喊声又直接抛了回来,"我儿子在哪儿?"

安德森先生看了看手机。"这里没有信号。"他说,"我们回家等消息吧。船回来的时候,我们需要及时知道。"

爸爸抓住道奇的胳膊:"道奇,跟我们走吧。"

道奇·伊文思的两只手放在头上,两只通红的眼睛里透着慌乱和疯狂。他紧紧抓住爸爸的胳膊:"我失去他们了,吉姆。我的两个儿子都没了。"

爸爸用一只胳膊搂住他:"走吧,我们回去等消息。"

我转身看着潘露娜小姐。她像哨兵一样站在那里,看向大海。

道奇·伊文思拉着她转过身来,面朝着她:"我想让他回来。"

潘露娜小姐盯着他的眼睛。

"我就只有这么一个儿子了。"他抽泣着说。

潘露娜小姐把披肩拉过来裹在身上:"让他回来干吗,道奇?你要留给他一个什么样的世界呢?"道奇·伊文思仔细地看着她的脸,在风雨声中,我听见潘露娜小姐说:"现在,只能靠他自己了。"

道奇双膝发软,跌倒在地上。

一个浪头打在护堤上,冰冷的海水浇透了我们。

"来吧。"爸爸拉着我的胳膊。

我回头又往暴风雨中看了一眼。

我的心脏好像停跳了一拍,因为我看见有什么东西就在海上,我真的看见了。

我瞪大眼睛,透过灰色的雨帘仔细看。它又出现了。

是一张船帆。

在一道海浪的后面,一根桅杆和一张船帆升了起来,菲力克斯小艇的白色船身直立着,出现在我的视野中。

"我看见他们了!"我大声喊道。

菲力克斯的爸爸妈妈爬上来站在我旁边,道奇也站了起来。

道奇抓住我的肩膀:"在哪儿?"

"那边!"我朝那边看去,可是船又消失在了一堵海浪墙后面。

船又升上来了。

"是他们！"安德森先生喊着，"是他们！"

和那些海浪相比，这艘小艇太小了。我看见菲力克斯坐在驾驶舱的椅子上，杰克瘫坐在后面的座位上。

他们在和风暴赛跑。风把他们推向我们。他们比海浪快，他们跑赢了海浪。小艇的船头完全露出了水面，他们正飞快地掠过水面，然后沉下去，又爬上了海浪。直升机在他们上方的雨中轰鸣着。菲力克斯现在已经无法停下来，或者是掉转船头逆风行驶。他们只有一个选择，看起来好像他连想都没想就这么做了。他朝港口护堤之间窄窄的缺口驶去。在翻腾咆哮的大海里，想穿过缺口似乎不太可能。

我瞥了一眼爸爸，他紧盯着菲力克斯。海港护堤前的人群都在屏住呼吸看着他们。面对狂风巨浪，人们只能听天由命。

小艇又藏在了一个巨浪后面。它从后面爬上来，可是海浪在变化，开始蜷缩。我希望他们赶不上这个浪，让海浪自己塌陷下去，可是他们已经没办法回头了。他们从坍塌的海浪上滑下来，越来越快，好像在冲浪，一堵逐渐蜷缩的水墙在追赶着他们。太快了，我觉得他们无法通过那个窄窄的缺口。海浪沿着破碎波的那条线把他们推向了一边。菲力克斯整个人都压在一侧的船沿上。海浪拍在船上的时候，船头左右摇晃着。我看见它的桅杆倒下去了，整条船消失在翻腾着的白色泡沫中。

海浪轰鸣着撞到护堤上，我转过头去，不想看见他们撞在花岗岩石块上。我紧紧抓住爸爸,头抵着他的胸口。

爸爸拉开我,说:"看哪,卡拉!"

我低头往港口里看。小艇从浪花墙里冲了出来。船帆碎成了布条,桅杆扭曲变形。小艇呈弧形侧滑过来,然后停了下来,在避风的水面上轻轻晃动。两个人瘫坐在船上,一动不动。

"菲力克斯!"我尖声叫道。

他在座位上往后一靠,抬起头看着我,竖起两根大拇指,咧嘴笑了。站在港口护堤上的人群爆发出了一阵叫喊声和喝彩声。

第三十八章

我睁开眼睛,从窗口看出去,天空瓦蓝瓦蓝的。一阵微风掀起格子窗帘的一角,带来了咸咸的大海的味道。

"你都睡了好久好久了,卡拉。"

我转过头。黛西正盘腿坐在床上看着我呢。我的脖子很僵硬,身体也很沉重。昨天的事又浮现在我的脑海里。

"几点了?"我说。

"四点。"她回答说,"你没吃早饭,没吃午饭,还差一点儿错过下午茶。"

我用手肘支撑着爬起来:"已经这么晚了吗?"

黛西点点头。她的眼睛闪闪发亮,乐得嘴巴都快咧到耳根了。她从床上爬下来,抓住我的胳膊。"卡拉,你得跟我来一下。"她说,"过来瞧瞧。"

我把两条腿荡过折叠床的床边,才发现自己浑身酸痛,嘴巴又干又疼。我慢吞吞地穿上 T 恤和牛仔裤。

"快点过来,有人想见你。"黛西说,"她昨天晚上很晚才到。"

"谁啊?"我问。

"是个惊喜。"黛西站在门边,迫不及待地让我跟她走,"她一整天都在等你。"

"我来了。"我站起来,感觉房间在旋转。我的头很沉,没办法思考。

黛西抓住我的胳膊,领着我来到她爸爸妈妈的卧室。汤姆姑父坐在床边,贝芙姑妈身后塞了好几个靠垫,背靠着床头。

黛西捏着我的手,咧嘴笑着说:"我有妹妹了!"

我才看到贝芙姑妈怀里抱着一个小宝宝。她真小啊,闭着眼睛,嘟着小嘴。贝芙姑妈的脸那么温柔,那么美。她披散着头发,用一只手托着宝宝的头。

妈妈肯定也这样抱过我。

"她真好看。"我说。

贝芙姑妈抬起头。"卡拉,过来。"她说着拍了拍羽绒被。

我坐到她身边,目不转睛地看着包裹在粉红毯子里的小宝宝。

"黛西把你昨天做的事告诉我们了。"贝芙姑妈说。

我等着她数落我。我知道,我不该让黛西一个人去找爸爸。

"你很勇敢。"贝芙姑妈说。我看见她眼睛里涌出了泪水。"可是,卡拉,你可能会送命的。"

我伸出手,抚摸着那只在毯子边上握成拳头的小手。

"你真是你妈妈的孩子。"汤姆姑父说,"换作是她也会那样做的。"

我看着他们,他们的眼睛里有一种介于悲伤和同情之间的神情。小宝宝抓住了我的一根手指,在睡梦中紧紧地攥着。

"她叫什么名字?"我问。

黛西坐在我旁边,抓过我的另一只手,露出了开心的笑容。"是我起的。"她轻声说,"我们叫她莫莫,莫娜的昵称。不过只有我们能叫她莫莫。"

我感觉满眼都是热辣辣的眼泪。"你好,莫莫。"我说。

我不知道爸爸什么时候进的屋,我抬起头的时候,看见他站在门口。

"来吧。"他说,"给他们点时间让他们单独待会儿。汤姆姑父下周要出海了。道奇·伊文思让他回去工作,还给他涨了工资。"

我看了看汤姆姑父,可他只顾着看黛西和莫莫。

我挽着爸爸的胳膊,和他一起下楼,走到了屋外。风暴过后,阳光明媚,空气清新。植物的颜色更亮,也更鲜艳了。砰的一声关车门声传来,我看到道奇·伊文思从小路上走了过来,他的脸藏在一大束花的后面,看见我和爸爸之后便停下了脚步。

"我带来了这个。"他说,"是给贝芙和宝宝的。"

"快上去吧。"爸爸说。

不过,道奇·伊文思没动。他揉搓着手里那束花的包装纸。

"杰克怎么样了?"爸爸说。

道奇·伊文思盯着地面。"他没事。"他说,"就在脸上缝了几针。这样能提醒他在那样的天气到海上去有多愚蠢。"

我想从他旁边挤过去,可他转身看着我:"如果不是你,我儿子就没命了。"

我先看看爸爸,又看了看道奇。"不光是我。"我咕哝了一句。

道奇皱起眉头,板起脸说:"杰克还说了件奇怪的事。他说是白海豚救了他。他说,是白海豚把他从水里托举起来的。"

我看得出来,道奇·伊文思在做思想斗争。他的两只手在花束的花茎处搓来搓去,眉头皱成了一个大疙瘩。有几段花茎掉在了地上,不过道奇好像根本没注意到。

"事实就在眼前。"他说,"可我却故意不去看它。"

爸爸把一只手放在道奇的肩上。"道奇,没关系。"他说。

不过道奇把憋在心里的话都说了出来。"这件事让我想了很多,是真的,我想了潘露娜小姐说过的话。如果我们过度捕捞,用拖网捕走所有的鱼,那就没有什么值得拯救的了,也没有什么能留给杰克。"他把花紧紧抱在胸前,"我想让你们知道,我已经在停止捕捞的请愿书上签字了。不光是这个,我还报了名,要参加试验捕鱼的新办法,不再让海豚死在我们的渔网里。"

我瞥了爸爸一眼。我真不敢相信,道奇·伊文思居然改主意了。

爸爸笑了:"这太好了,道奇。"

我们转身要走,道奇把爸爸叫了回去,他伸出一只手。

"我的一艘拖网渔船上还需要人手,吉姆。"他说,"如果你想来,我十分欢迎。"

爸爸握住道奇的手,晃了几下。"谢谢。"他说,"不过,已经有份工作在等着我了。"

我跟着爸爸顺着小路走出去,走上了海滨公路。

"我不想从这里搬走。"我说。

爸爸微笑着搂住我。"我们不用搬走。"他说,"我昨天才知道。在我没确认得到这份工作之前,我不想让你失望。"

我停下来,拉着他转过身面对着我。"什么工作?"我问。

爸爸咧嘴笑了,我已经很久很久没有见过他这样笑了。"我被录取了,在船厂上造船课。"他说,"他们还愿意付我工资呢,就从下个月开始。"

我紧紧地抱着他:"这太棒了,爸爸。"

爸爸抚摸着我的头发:"是啊。我也觉得很棒。"

我们走上那条通往山坡上的弯曲小路。我望着大海,希望能看到一个白色的背鳍。我一直在想安琪儿。它不再出现在我的梦里了,却总是出现在我的脑海里。它失去了妈妈,独自在大海里,我不知道它该怎么活下去。

"这边走。"爸爸说。

我跟着他顺着露营地下面那条沙质的海滨小路往前走。"我们要去哪儿?"我问他。

"不能告诉你。"他微笑着说,"是个惊喜。"

我们经过一个都是帐篷的地方,来到另一个停着拖车的地方。从这里顺着缓坡往下就是海滩后面的沙丘。越过沙丘看过去,是泛着银光的平静的大海。真是很难相信,昨天晚上的大海还是沸腾的灰绿相间的一团。

"到了。"爸爸说。

最远处的那辆拖车面朝着大海。彩旗从拖车一直悬挂到一道金盏花树篱和石墙旁。一张桌子上摆着盘子和玻璃杯,一个鲜艳的粉红色海豚状风向标在微风中转动。我看见拖车的窗户里有人影在晃动。

门突然打开了,菲力克斯跌跌撞撞地走了出来,他爸爸妈妈和潘露娜小姐紧随其后。卡尔、格雷格,还有兽医山姆也在那里,还有克洛伊和艾拉。

爸爸把我拉进他怀里。"卡拉,欢迎回家。"他说。

"回家?"我皱着眉头看着他。

"我知道不怎么像样,可这是咱们俩的家,暂时的。"

拖车的窗户对着大海。我每天都能看到大海,听见大海的涛声。"爸爸,这太棒了。"我说着抱紧了他,"这是最棒的家。"

菲力克斯用手肘戳了戳我:"你怎么才来?"

我咧嘴笑了:"你的奖牌呢?"

菲力克斯皱着眉头问:"什么奖牌?"

"你在帆船比赛中获胜了,记得吗?"

菲力克斯哈哈笑着说:"是啊,你说得没错。先是帆船比赛,然后是奥运会。"

"快来吧!"安德森先生说,"你们肯定都饿了,拖车上有好多吃的,足够一大群人吃。"

我笑了,回头看了看海岬边的那几块田野。金色的阳光斜照过来。今天是九月份的第一天,已经能感觉到秋天的凉意了。在我加入他们之前,我想自己待会儿,就我一个人。

"快来啊。"克洛伊在喊我。

"一会儿就来。"我说。

他们坐在阳光下。我离开他们,走上了沙丘间的小路。我把脚埋进凉凉软软的沙子里,躲在草丛中凝望着大海。

"卡拉?"

我转过身。爸爸坐到我身边,一小股沙子从沙丘上滑落下去。我屈起腿,两只手抱着膝盖。

"咱们不能待太久。"他说,"他们等了你好长时间,尤其是菲力克斯。"

我回头看了看那辆挂着彩旗的小小的白色拖车,还有围坐在桌边的那些人。我看见菲力克斯四仰八叉地躺在阳光下的躺椅上:"我们交了一些好朋友,是不是?"

爸爸点点头。"如果妈妈还在,她会为你感到骄傲的。"他说着捧起沙子,让沙子顺着他的指缝流下来,"你做了她做不到的事。你让道奇·伊文思改变了想法。"

"有一件事,道奇·伊文思说得没错。"我说。

爸爸扭脸看着我,他的眼睛笑得眯成了一条缝:"我从来没想过会听到你说这句话。"

我皱着眉头,眼睛盯着地平线:"有时候,事实就在眼前,可我们就是故意不去看。"

爸爸叹了口气,紧紧地搂着我。

我揪下一根沙丘草,用手指来回缠绕着。"我过去常常想,也许妈妈对我们太重要了。也许,她被选中执行特别任务去了。我以为,总有一天我会在亚马孙丛林里找到她,她在拯救河豚或是别的什么动物。我甚至觉得,也许她是从另一个星球来的外星人,被派来拯救我们的地球。"我微笑着,可是眼泪已经模糊了双眼,"不过现在我知道这不是真的。"

爸爸把我搂得更紧了。

我的胸腔里有个地方疼得揪了起来。"我们可能永远都不会知道她失踪的那天到底发生了什么事。"我把手指插进沙子里，"不过我知道，那天晚上妈妈死了。"

我把头埋在膝盖上，好像我藏在心里的所有东西都顺着我的指尖流进了冰凉的沙子里。"如果她还活着，她早该想办法回来了。现在她就会在这里，和我们在一起。因为她爱我们胜过一切，是不是？"

我抬头看看爸爸，他满脸泪水。我靠在他怀里，凝视着大海。

"咱们要造一艘新船，卡拉。"他擦掉脸上的泪水，"我和你，咱们造一艘就咱俩驾驶的新船。"

我紧紧攥着爸爸的手，闭上了眼睛。温暖的阳光照在我的脸上。一阵海风吹拂着我的头发，吹过沙丘上干爽的草丛，发出轻微的沙沙声。我听见海浪冲向沙滩的声音。一只海鸥在我头顶大声鸣叫。我睁开眼睛，看着蔚蓝的天空下飞过一团雪白。不知怎的，这个地方好像有了生气。我好像是它的一部分，它好像也是我的一部分。也许，妈妈就有这种感觉。也许，这就是她总是知道海豚会回来的原因。我现在也感觉到了。就在现在，我感觉到了深海的宁静。

我感觉到它们正在水中升起。"海豚！"我大声喊道。

我滑下沙丘，来到海滩上，走过退潮过后留下来的贝壳和水草。我的脚踩在硬硬的湿沙子上，我一直跑，跑进沿着岸边涌起的海浪中。我在海豚旁边跑着,它们蓝灰色的身体在水中呈弧线前进,它们潮湿光滑的后背上反射着阳光。一群海豚正游过大海。

然后,我看到了它。我看见安琪儿从海豚群中一跃而起。一道白光闪过,它在阳光中做了个空翻,用尾巴拍打着水面,洒下了钻石一样闪亮的水花。

"安琪儿!"我大声叫着。

我蹚着水走过破碎波。

"安琪儿!"

我看着它又一次腾空而起,扭动转身跃入水中。在金色的夕阳下,不知怎的,我感觉自己被选中了,好像它给了我一个机会,让我看看它的世界。

在我的内心深处,我知道白海豚永远不会孤单。

浩瀚的蓝色海洋在等待着它,它的故事才刚刚开始。

给读者的信

亲爱的读者：

你是否曾希望能和野生海豚一起游泳？你有没有梦想过跃入清澈的海水，在它们身旁游泳，看着它们在你周围旋转翻腾？嗯，我也曾这样梦想过。小时候，我常常梦想能有个海豚朋友，一只只有我能和它交谈的海豚。正是这段记忆给了我写这本书的灵感。其实，这个故事最初是写给年纪更小的读者的，讲述了一个可以跟海豚交谈的女孩的故事。不过，我对海豚了解得越多，就越能意识到它们是多么复杂、多么让人着迷，完全没有必要在我的故事中赋予它们说话的能力，或是任何魔力。

令人悲伤的是，海豚正濒临灭绝，而它们不过是海洋濒危动物中的一种。由于过度捕捞、污染和海水酸化，海洋生物的生长环境都受到了威胁。不过在这个故事里，我主要想讲述卡拉为保护家乡的海湾不受到商业捕捞的威胁而做出的努力和抗争。在过去的四十年中，英国沿海地区捕捞扇贝的情况愈演愈烈。捕捞的时候，人们用巨大的金属耙子从海床上划过，捞走了海床上几乎所有的东西，所到之处一切尽毁。数千年才形成的珊瑚礁会在几分钟之内变为碎石。过度捕捞让我们的海底变成了贫瘠的荒原。从多塞特郡的莱姆海湾项目可以看出，如果给予海床足够的时间，它是可以恢复的。但是，如果这种捕捞继续下去，那么我们失去的将无法挽回。

脆弱的海洋生态一直在遭到破坏，而大多数人却视而不见，这让我感到十分震惊。人类究竟什么时候才会注意到呢？当不再有海豚跃出海面的时候，还是当我们的盘子里不再有鱼的时候？

我想写一个故事，说明我们的渔村很重要，可持续发展的渔业是有可能实现的，但是这一切只能通过保护脆弱的海洋栖息地来完成。我希望有朝一日，和野生海豚一起游泳的这个梦想能够实现。

吉尔·刘易斯

有关海豚的小知识

1.海豚是哺乳动物。和大多数哺乳动物一样,海豚是胎生动物。海豚妈妈用乳汁哺育小海豚。

2.海豚主要以鱼类和乌贼为食。尽管嘴里有牙齿,海豚还是会将食物整个吞下。

3.和其他哺乳动物一样,海豚用肺部呼吸。它们必须经常浮到水面上,通过头顶的呼吸孔呼入新鲜空气,然后再次潜入水中。

4.海豚运用一种叫作回声定位的能力来找到正确的行进方向和寻找食物。海豚发出的咔嗒声在水里遇到其他物体就会反射回来(就像回声一样)。用这种方法,海豚能发现食物、其他海豚、捕食者或是礁石。

5.海豚是社会性动物,喜欢群居。它们作为一个团队,一起抚养幼崽,寻找食物。

6.全球共有三十多种不同种类的海豚。

7.虎鲸是海豚科中体形最大的一种,也被叫作"杀人鲸"。虎鲸被称作鲸是因为它们的体形巨大,但实际上它们属于海豚科。

8.宽吻海豚的脸看上去像在微笑,格外受人喜爱,也常出现在影视剧中。

9.海豚是恒温动物,它们依靠皮下脂肪来保持体温。

10.海豚在睡觉时,左右脑各有分工:一半大脑处于睡眠状态,另一半大脑仍会控制缓慢运动和呼吸。每隔一段时间,左右脑会交替休息。

11.海豚能发出自己独特的哨音,这可以帮助它们辨认出彼此。

12.海豚是濒危动物。人类是海豚最大的威胁。环境污染、生存环境的破坏和过度捕捞是海豚成为濒危动物的主要原因。

致　谢

没有众人的帮助，就不可能有这本书。

我要感谢英国潜水员海洋生物救援队的詹姆斯·巴奈特，他向我提供了有关海豚搁浅的资料；还有寻找自然保护区计划的戴夫·莫菲，感谢他从作为渔民的丰富经验出发，提供给所有利用海洋的人们关于可持续发展的深刻见解；感谢皇家游艇协会航能俱乐部①的会员们，谢谢他们给予我灵感和技术咨询；感谢米奇·琼斯，是他让我知道一切皆有可能；还有麦乐航海学校，谢谢他们"教老狗学了新把戏"。

感谢我的经纪人维多利亚·贝克特，还有丽兹·克罗斯，以及牛津大学出版社的所有工作人员，是他们促成了这本书的出版。

一如既往，我最要感谢的是罗杰、乔吉、贝丝和杰玛。

我对商业捕捞扇贝影响的调查来自野生生物基金会资助的莱姆海湾项目。他们对多塞特郡海湾附近暗礁二十年的研究表明，如果给予足够的保护和时间，破坏性的捕鱼方式造成的影响和海洋栖息地的潜能都可以恢复。拯救海洋的关键在于保护，因为以我们现在掠夺海洋资源的速度，我们已经没有多少时间了。

---

① 面向残障人士的帆船俱乐部。